也斯
作品

Paper Cut-outs

启真馆 出品

也斯
作品

剪纸
Paper Cut-outs

也斯 著

ZHEJIANG UNIVERSITY PRESS
浙江大学出版社

1977 年 4 月 1 日，第一天，《剪纸》开始在《快报》连载，一直到 5 月 14 日结束，总共 44 天。整部小说的字数不多于 8 万字，后来编印成一本薄薄的、轻轻的，两根手指就能够轻松提起来的小书。如果你是一个沉迷的读者，保证你一天可以看完。然而，就在你放下书本的一刻，一种称之为文化反思的重量慢慢浸入你的身体，久久困在你的心中，让你随着年龄的增长，一点一点地消化。在抵御和接受之间，《剪纸》已不知不觉成为你成长中不可缺少的维生素。

（一）《剪纸》出版前后的点点滴滴

1977 年，也斯住在香港岛的北角民新街金马大厦，他每天努力写作，有时在家里写，有时在茶餐厅一边喝奶茶一边写，原稿子也沾染了港式丝袜奶茶的香味，也斯特别喜欢这种富生活感、带点混乱的写作气氛。完成当天的稿子后，他会步行到报馆亲身交稿，当时不少报馆都在北角一带。遇到赶稿的日子，排字房的同事阿牛，十万火急地站在报馆门口等着他，一看到也斯急忙的影子，便马上接过他手上的原稿子，飞奔走回排字房工作。这些近 40 年前的生活细节，也斯的太太吴煦斌还清晰地刻在脑海中。1993 年，我记得有一次和也斯去北角，看一看他以前居住的地方，计划拍摄一部有关北角的纪录片。从那天起，我知道也斯绝对不是怀旧伤感的人，他站在褪色的民新街前，笑嘻嘻地说："以前我住在上面写作和办杂志，下面是废纸收集站。"我明白他蒙太奇式的幽默，然后二人大笑起来。

20 世纪 90 年代我在香港大学读书，认识了也斯，很荣幸地成为他的博士生。那时《剪纸》已经被誉为最有代表性的香港现代主义小说之一，与刘以鬯的《酒徒》（1963）和西西的《我城》（1979）齐名。研究《剪纸》的文章不少，一些重要的文章都辑录在《也斯作品评论集：小说部分》（2011），值得我们参考。《剪纸》最初在《快报》刊登时，小说是放置在版面的右上角，是报纸最重要的位置。（见图一）《快报》的副刊名《快活林》，由刘以鬯主编。刘先生从上海到香港，一直热心推动香港文学，鼓励年轻作者创作，当时 28 岁的也斯就在他的邀请下，写下了他的代表作《剪纸》。在也斯的创作生涯中，刘先生是非常重要的人物，也斯一生都非常尊敬这位老师。

也斯作品

图一之一

图一之二

他们之间有一个笑话，我每次与他们见面的时候，这个笑话一定会像老朋友一样的出现。虽然说过无数次，他们总是忍不住要提一提，笑一笑。话说 1970 年，刚 20 岁出头的也斯在《快报》开始写专栏《我之试写室》，他第一次上报馆领稿费的时候，会计部不发钱给他，他们不相信眼前这个年轻小伙子就是专栏作者。也斯不知如何是好，只好继续写了几个月，没有钱。之后，有一天他在报馆的电梯遇上一位"穿夏装白皮鞋"[1]的男子，这个风度翩翩、工作认真的刘先生对也斯完全没有怀疑，他们深厚的友谊就在这一天展开。

得到刘先生的欣赏，也斯能够在《快报》连载他的小说，但对《剪纸》的接受不能说是一帆风顺，虽然它一直在香港文学界得到肯定。对香港以外的推广，例如《剪纸》的英译版，相信要到 2015 年才能出版，可惜作者自己都看不到了。这次能够推出简体字版，是非常有意义的事情，内地的读者能够通过也斯的作品更深入地理解香港文化。在 1982 年，《剪纸》第一次在香港刊印单行本（见图二），由素叶出版社出版，也斯修改了在连载过程中的一些问题，还增加了不少篇幅。香港作家

---

[1] 也斯：《现代小说家刘以鬯先生》，载《香港文化空间与文学》，香港：青文书屋，1996年，第 139 页。

叶辉认为修改后的《剪纸》，小说的肌理更见丰富。[1]第二次出版是在 1988 年，这次与《平安夜》和《养龙人师门》等小说合成《三鱼集》（见图三），由田园出版社出版。这两个版本，现在很难在书店找到了，是收藏家的珍藏品。到了 2003 年（见图四）及 2012 年（见图五），《剪纸》重新由香港牛津大学出版社推出。

图二

[1] 叶辉：《电脑复制时代的镜像和余留物》，载也斯：《剪纸》，香港：牛津大学出版社，2003 年，第 vii 页。

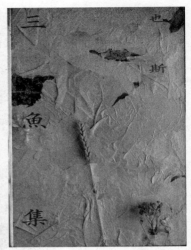

图三之一   图三之二

图四   图五

也斯作品

四个不同的封面，有不同的风格。1982年的版本是蔡浩泉的设计，我认为最能代表香港70年代那种对现代艺术的追求，内藏了爆发力。《三鱼集》的设计是我自己很喜欢的，设计师李家升是也斯的挚友，他们长期合作了不少摄影与文学的越界作品。李家升的摄影无比细致，颜色丰富，构图富层次感，正好表现了也斯对生活多层次的考虑、来来往往的思索。值得一提，2003年的封面是也斯自己的摄影，衣架在空荡的衣柜中摇晃，影子是相片的焦点，一显一隐，正是剪纸艺术在现代日常生活的演绎。2012年的封面，回归传统，我相信这亦是也斯晚期的心态吧！

也斯是写作的多面手，不少作者是一步步，随着年龄的增长，发展不同的才华，但也斯有点不一样，他才华的花蕾在少年时已经生长茂盛了。在小说《剪纸》发表之前，也斯1963年（14岁）已经开始发表现代诗；1968年（19岁）在《香港时报》撰写专栏；他又在1970年（21岁）出版小说翻译集《当代法国短篇小说选》（合编）；1971年（22岁）出版第一本散文集《灰鸽早晨的话》，对台湾文学界有深远的影响；1972年（23岁）与友人创办《四季》文学杂志，第一期办了马尔克斯（Gabriel García Márquez）的专辑，介绍魔幻现实主义。看着这份清单，很难想象一个23岁的青年可以做这么多的事情，不光是个人的创作，他亦肩负起知识分子在社会上的责任。这里我想特别指出，《剪纸》在1977年连载之前，也斯已经写过大量的诗和散文，他又翻译过不少外国文学作品，又有编杂志的经验，这一切我相信都能够帮助他，走向一个需要更多时间来沉淀构思的文学类型——小说。1977年创作的《剪纸》是他青年时期一个重要的总结，可以充分看到也斯作为香港作者的文艺养分及文化角度。在1978年，也斯离开香港，到美国加州大学圣地亚哥分校攻读博士，他回港以后的作品更见复杂、对文化的反思更深入。要理解也斯的文学世界，或者是香港文化，《剪纸》绝对是一个很重要的文本。

（二）《剪纸》的四个关键词

1. 剪纸

"剪纸"在小说中有多层意义，需要读者细心咀嚼，尝出当中的味道。小说中的女主角之一瑶，是一个喜欢传统剪纸艺术的人，甚至到了沉迷的地步。剪纸在小说中是故事的内容，这方面是很容易理解的。另一方面，正如资深报人叶辉在《复句结构，母性形象及其他》一文指出的，小说中的一群在报馆杂志社工作的人物，因为当时还没有计算机打字，他们每天把文字和图像剪剪贴贴，拼贴成完整的版面，这可以是现代意义上的剪纸。然而，也斯对这两种剪纸同时抱着怀疑，不断地提出疑问：我们在传统和现代之间应如何寻找自己的位置？瑶生活在香港，整天困在家里剪一些她从来没有见过的东西，把另一种文化理想化了。在现代报馆工作的"我"和他的同事，每天写着没有意义的明星故事，夸大事实，制造假象，这种工作在小说中是毫无意义的，只是为了生计。两种剪纸，前者是沉重的，后者是轻浮的，但两者在也斯笔下都是幻象，前者可能更甚。在新旧交替的 70 年代中，香港如何不盲目地追求现代化或者走回想象的过去？通过"我"这个成长中的年轻人，作者游移在两个世界之间，思考一条属于自己的道路。

小说的结构亦呼应了"剪纸"的形式：由两个面貌所组成的全面。小说有十二章，乔与瑶各自的故事，一前一后地出现，两位女主角没有特别的关系，由"我"把两人连起来。也斯自己说过乔和瑶可以是一个女性的两面，我对这个说法特别感兴趣。女性的身份在变化的社会中特别浮动不安，例如乔经常会被人误会为不同国家的人。也斯的说法是相当富象征意味的。在传统生活的价值观慢慢隐退，现代文化强势地闯进来之际，女性似乎更敏感当中的改变，要在当中作出决定。而瑶与乔好像是一个女性，分裂为两个极端。正如容世诚教授在《"本文互

涉"和背景：细读两篇现代香港小说》一文中指出《剪纸》本
身的书写引领我们经验剪纸的形式。

2. 香港，1970 年代

五六十年代，不少南来文人来港。他们大多抱着过客的心
态，对于香港的殖民地和商业文化，尤其感到不满。上海来的
刘以鬯和易文虽然是比较能够融入香港的文人和电影人，他们
亦愿意理解香港，但在他们的作品中，处处看到的仍然是外来
人的影子。毕竟他们是南来文人，有自己成长的背景与经验，
现在我们跟刘先生谈话，他还是上海话混普通话混广东话，
非常有趣。到了也斯这一代就出现了变化，他和西西代表了
1949 年后香港第一代的本土作家。虽然也斯是在广东出生，
但出生那一年便随父母来到香港，完全接受香港教育，对香
港文化认同。

也斯对于街道文化非常感兴趣，他特别喜欢香港小街小巷
的人情与食物。现在回看，《剪纸》也可以看成是香港的地方书
写，或者如陈智德在《另一种"翻译"与"写实"：〈剪纸〉、〈重
庆森林〉与〈烈火青春〉》一文中写到的，《剪纸》好像是《清
明上河图》般的香港文化图。我们在书中看到铜锣湾、上环、
沙田和庙街等，每一个地方都有它的意义。20 世纪 70 年代是

也斯作品

香港城市走向现代化的十年，第一条过海隧道在 1972 年通车，地下铁路尖沙咀站在 1979 年起航，我们可以想象在这十年中香港生活的惊人变化，从节奏缓慢的散步到急速的跑步。也斯在《剪纸》中，尤其通过瑶的角色，表达他对快要消失的旧区文化的珍惜，这一点在小说中是非常明显的。小说的"我"在繁华的铜锣湾总是格格不入。也斯在第五章描述城市的花车巡游，当中与商业文化的勾结，眼前美丽的画面只是一幕幕快速的、没有意思的影像，也斯对此充满了批判。相反，瑶所代表的香港旧区是也斯所喜欢的，例如在第二章，"我"在上环的街巷寻找瑶的时候，上环反变成了这一章的主角，我们看到旧街道的文化：中药店、藤器铺、印章街、鸟笼街……当然我们不能完全用写实主义的角度看，但也斯是有意通过上环这个旧区为 70 年代快要消失的旧街道说几句话。有关这个课题，我最有印象的是以下一段："这些事物，带着它们陈旧朴实的外貌，当阳光照在高楼的顶端，它们沉在不变的阴影里。时间在外面急步走过，它们凝定不动，带着它们熟悉的气味，带着它们陈旧而美丽的样貌，千年如一日地生活下去。"在 2000 年后，香港种种的变化，以至内地城市急速的改变，都会让人担心，我们重读《剪纸》，好像特别有意思。

都说《剪纸》是一个复杂的小说，我们可以再从也斯对传统的态度窥看到。以上我们讨论到他对旧区文化的爱护，通过"我"与瑶的交往表达出来，但同时，我们亦可以看到也斯对传统文化的怀疑，以及不完全肯定的态度。瑶与她姊姊喜欢粤剧，经常在家扮演才子佳人，"我"虽然欣赏粤剧艺术，但对于二人沉溺在古代的美好世界中表示怀疑，这是一种拒绝面对当下问题的逃避。这种现实与想象、现代与传统的矛盾是小说一直在反复思考的命题。

3. 男与女

李欧梵教授曾为也斯的小说《布拉格的明信片》（2000）写序，他指出也斯的作品中总有很多朋友，而叙事者"我"和这些朋友都很谈得来，特别是女性。"我"是一个能够同时与男性和女性亲密交往的人。这个说法非常正确，不光在《布拉格的明信片》，就在 70 年代的《剪纸》，我们都已经可以看到这个特色。也斯的故事总会有很多人，一群一群的朋友在酒吧喝酒、聊天等情节经常出现，他善于写社会不同面貌的人同时生活于一个地方的复杂的故事。20 世纪 70 年代，也斯爱和文人朋友、男男女女到郊外旅游远足，这是他喜欢的生活。后期我观察到的也斯，他的朋友是不分性别、年龄、阶层和国籍的。很难想象，从我的角度看，有些人肯定是水火不相容，最好一生都不要碰面，但也斯的存在可以调和气氛，大家又会轻轻松松地谈起来，我绝对认为也斯是"比较朋友学"的天才教授。

《剪纸》是一男二女的故事，如果从传统的角度看，这会让人想到鸳鸯蝴蝶派的三角爱情，没错，《剪纸》就从这个陈俗的模式出发，但要改变陈俗的想法。小说的"我"是一位年轻男性，他认识现代的乔和传统的瑶，而两位女性之间是不认识的。小说在开始的第一和第二章，已经清楚表达了三人的关系。"我"有两个要好的女性朋友，他们之间最重要的关键词是：关怀。第一章，"我"到乔铜锣湾的家，一男一女单独相处，读者可能会联想到爱情，甚至更多的事情，但也斯写的是朋友之间的关怀，一种超越了世俗眼光中男女友谊的界限。摩登的乔对"我"很信任，她收到一些不解的字条，唯一想到救助的人就是"我"。第二章，"我"到上环探望瑶的家，她不在，"我"四处找她，希望明白她为何自暴自弃。从这一章的第二人称的叙事手法，我们可以感受到"我"到"你"（瑶）的关怀，心中处处担心她的安全。

虽然"我"对朋友关心，但也斯会沉着地告诉读者，"我"不是传统小说中的英雄男性，他实在救不了乔和瑶。细心看看，"我"不是一个热情澎湃的人，他甚至保持一点距离静观周围的事情。然而，他虽然做不到什么，但他真心的关怀可以为她们分担生活的忧虑、明白她们的痛苦和在社会中遇到的偏见，"我"是一个明白女性的好朋友。从男女的关系中，我们又再一次看到《剪纸》在传统与现代之间的协商：在现代的社会中，个人的问题还是需要个人来解决，但我们是否就这样把自己困于斗室中？传统的人情味仍然可以帮助我们度过彷徨的时刻。

4. 沟通

也斯是诗人，他的诗很喜欢用"我、你"的对话模式，他的名作《给苦瓜的颂诗》就是这样子开始的：

> 等你从反复的天气里恢复过来
> 其他都不重要了
> 人家不喜欢你皱眉的样子
> 我却不会从你脸上寻找平坦的风景

也斯喜欢吃苦瓜，那种苦涩的味道，他认为是人生的写照。在这首诗之中，诗人好像在跟苦瓜对话，视它为朋友，不嫌弃它难看的面貌。"我、你"是一种叙事方式，强调人与外界的沟通。也斯在《剪纸》初版的"后记"中，以书信的形式撰写，好像与朋友在谈话，当中写到："我一直以为，想法写下来，就表达清楚了，没想到，即使写出来，也不是这么容易就传达到另一个人那里。"《剪纸》和他不少诗作一样，目的是在反复思索人与人沟通的问题。

与其说《剪纸》是一篇爱情故事，不如说它是一部关于沟通的小说。小说的人物黄暗恋乔，经常在书本杂志中剪下一些中国传统诗句，静静地传给她，不敢直接向她示爱。黄与乔的核心问题不在于爱与不爱，问题在于是否能够沟通。乔的西方文化背景，根本不会明白《诗经》，"所谓伊人，在水一方"等文字不会让她产生半点儿爱情的联想，这不是她所熟悉的文化。我们以文字表达感情，但文字有其文化脉络，使人与人的沟通变得困难重重。正如罗贵祥教授在《几篇香港小说中表现的大众文化观念》一文指出，乔和瑶是社会中的两个既定的观念，两种不同的文化，而我想活在70年代香港的也斯，面对中外不同文化的共存与角力，他有意借错置的爱情故事，表达不同文化之间的误解与隔膜。然而，《剪纸》对沟通仍然是存有希望的，虽然小说中的爱情是没有结局的，但"我"可以游走于传统与现代、中国与西方，尝试在这不同文化之间，寻找一个属于自己的立场与角度。

男与女因为找不到沟通的方法，双方不愿意了解对方的文化，爱情就变得负面。小说中的两段"爱情"都是激烈的，甚至是暴力的。"我"作为也斯的代言人说道："除了那些极端的感情和生活，应该还有些比较宽阔的感情幅度，除了极端的自我鞭挞的善行以外，应该还有些平常的可以在这现代世界适用的日常的善行……"也斯一直在两极之间寻找一个位置，一种语言，一种沟通的方法，好让人与人之间可以包容不同的文化，以平常心表达日常生活中的种种的感情。

　　每一位认识也斯的朋友都会记得他灿烂的笑容、开怀的笑声。他喜欢喝酒，对食物有感情。他关怀朋友，愿意与不同的朋友谈天说地。我相信这不是一种简单的人生观，当中必定经历过无数人生的试炼，深藏着无数的矛盾与犹豫。你可能认识晚期的也斯，喜欢他的诗作与散文，但小说《剪纸》让你走回香港的 70 年代，跟这位复杂的年轻人面对面。

黄淑娴

二〇一四年七月

踏上双层巴士上层，只有两个零星的座位。乔坐一边，我坐另一边，一前一后，中间隔着窄窄的通道。乔后面的男子推推乔邻座的男子，爆出一阵笑声。我前面的中年男人，视线离开手中小报，向左边似乎漠不经意地看了一眼。乔总是惹人注目。记得上个月她拿艺员圣诞特刊的插图过来给我，林就很严肃地说："乔看来有点像日本人。"黄抢着说："像法国人才是。"日本人和法国人是两码子事，不过乔嫣然一笑，接受他们的恭维，没有解释她的血统。当时英文部妇女版的编辑在那边喊："乔，二号线。"她走过旁边的桌上拿起电话。有人在旁边说："她的那些男朋友……"

公共汽车上的两个男子又在笑。乔后座那个，穿着深棕色外衣，敞开衣领，一派下班后的悠闲。他跷起二郎腿，深棕色鞋尖抵着前座的椅背。椅背硬板上涂着胡言的黑字。他与乔旁边的男子正说得兴起，爆出一连串粗话，咒骂那个辜负了他的女子。

他三言两语，把她贬得一钱不值，然后把手中的烟蒂扔到地面，再用脚狠狠践踏它。他的膝盖，碰到前面的椅背。前面那个中年人又回过头来，在金丝眼镜后，向乔行了半分钟的注目礼，整车人在颠簸中摇着头。

在这一切当中，乔安静地坐着。她穿一袭丝质白衬衣，黑色的短外套，衬得她格外白皙，甚至有点苍白了。公共汽车停站，外面广告牌上的一大幅粉蓝色填满所有窗口，乔的脸孔也染上一片粉蓝。汽车开行，经过一片浅黄，她的脸又泛上淡黄。

她转过头来的时候，脸孔是淡紫色。她说："到我家里来，有些东西给你看。"我问："洗发水的广告画？"她摇摇头。我问："《旅行杂志》的封面？"她又摇摇头。后来，当我们在铜锣湾下了车，经过潮湿肮脏的街市，走向我不熟悉的那些幽静住宅区，她说："那是一个秘密。"

每个人都有秘密。我倾听秘密：狮子的咆哮、鲸鱼的低语、小河潺潺的流水，还有冬尽后木棉树枝丫爆出的一点红花。打开一扇红色的门，再打开一扇白色的门。乔说："爸爸妈妈去了旅行。"客厅里阴暗，依稀辨认出阔大的沙发和长桌。她说："这里来。"再推开一扇门。一片红色和白色的亮光。白色的长柜和书架、红色的垫子和矮几、白色的百叶帘、红色的挂毡。白色墙壁上画满红色鸟儿，一共有好几十只。

　　　　　　　　　　　　　　　　　　　也斯作品

乔走过去拉起白色的百叶帘，露出一扇红墙。原来那不是窗子，是墙。不，我弄错了，那确是窗子，一大幅红色的是对面大厦上画的香烟广告。走近窗前，还可以看到街上的行人和车辆，无声溜过。

回过头来，乔把一些什么递给我。我向她走过去，却发觉那只是镜中的反映，我面对一幅长镜，真正的她在另一边。我转回来，左方是一个入墙长柜，我敲敲柜，原来那不是柜，只是一张反上去的单人床。

在它旁边有一扇门。我想推门出去，发觉那只是一个钉在墙上的门钮。我沿墙角的回旋梯走上去，走两步便碰痛了头，梯子通往坚硬的天花板，只是用来装饰。

乔递给我的是一杯深蓝色的液体，我接过来就喝。液体倾侧，却没有流入口中。我举高杯子，左右倾侧，又把它倒转，液体始终在杯中流动。那是一只魔术杯子。乔笑起来了。

我问："你说的秘密呢？"

她站在窗前，仍然在笑。墙壁的红色映现在她脸上，白皙的脸孔好像也有了一点血色。她在自己的天地中，自得其乐，翻动一本画册，拨响一串铃儿，把一个小巧的猫头鹰摆设换一个位置。她在这里那里按一个掣，歌声传出来，但我看不见唱机。她说："我喜欢她唱尼尔扬的这首。"她指的是谁，我又不知道。

　　爱是一朵玫瑰花
　　但你最好不要摘它
　　它只在枝头上
　　才可以生长

　　那么急促的节拍，好像有人在白色的墙壁后面擂着。砰的一声是一只红鸟，一共有好几十只。我翻转那些圆形、三角形、四方形、五角形，像一块面包、饼干或一颗糖那样的奇形怪状的小几，却看不见播音器。乔又递给我一杯深红色的东西。我把它倒过来，红色的液体立刻泻了一地。乔笑弯了腰。原来这并不是魔术杯子。她递给我一条白色毛巾。转眼间，地上血红的痕迹消失在白色毛巾下面；转眼间，白色的毛巾又消失在白色长柜某一格里。

　　这样的房间对我来说像是异乡。她让我看工作桌上的设计书和美术杂志。她有一本簿子，贴起马克英格烈斯、保罗戴维斯、罗拔哥斯文等人在杂志上的插图。从《老爷》、《花花公子》、《常青》或《纽约客》上剪下来。一条蛇缠绕在少女颈上。一列火车从人的裤裆开出去。原始森林里的火箭发射基地。星球上的一尾大金鱼。它们构成一个不真实的世界。她又让我看另一本剪贴册，里面是新写实绘画。她赞美那些汗珠和皱纹的细节。异国少女穿着比基尼泳衣的金色胴体上闪闪的水滴栩栩如生。她叫我猜哪张是绘画，哪张是照片，我一时竟分不清楚。桌上有几张她素描的草图，摹仿一份翻开的外文杂志的插画。那是一个蹲在墙角的小女孩。她素描里的孩子也有外国儿童眉眼的特征。头发是黑色和暗金色之间的淡褐。

她又递给我一杯淡黄色的液体。这一次，我不知它是像那杯深蓝色的液体，还是像那杯红色的液体，是倒不出来的，还是会倒泻的，只好把它放过一旁。

"你呢？你说的秘密呢？"我又问。

她没有回答我，一跃而起，说："要喂鸟儿了。"

她走近墙边，走入那些红色的鸟儿中间。

"如果我不回来，就饿坏它们了，我每天都喂它们的。"她说。用汤匙从一个红杯里舀出什么，喂它们。"有时我还跟它们洗澡。我最喜欢温水浴。在青山的时候，我最喜欢温水的治疗。"

乔的话是跳跃不定的。你以为她还在说鸟儿，原来她已说到自己。她的话没头没尾，几件事同时说下去。说完鸟儿喜欢吃什么，就跳回说自己，因为脑病，所以进入医院治疗，说着说着，你就会发觉原来她已在旅行尼泊尔，宁静的气氛中，在高山或是乡下，而她也不忘告诉你，关于吸食大麻的经验，她所看见的霓虹和灯光。鸟儿是听话的！鹦鹉会说几个单字，麻雀吱吱喳喳，而百灵婉转歌唱。当时幸好有人在旁边，当她晕倒立即抱起她，把她送进医院。朋友说她身体底子不好，工作用神过度，需要休息一下。她叙述的事件不分先后，也不知是现在、过去还是将来。她说到其他画画的朋友，送她进院的朋友，一起旅行的朋友，但却没有提及父母。

"你父母怎么说？"我问。

"他们去了旅行。"她误会了我的意思。"他们各有各去。他们从来不会一起旅行的……妈妈不跟爸爸谈话。"

她好像想说什么，又没有说下去，我也没有追问了。

我回望窗外，隔着一层厚玻璃，可以看见几层楼下面，无声的行人和汽车。街尾那儿好像发生了什么事，几个人正在急步奔跑。在遥远的地方，肮脏的灰墙旁，露出一角打桩机器的操作，还冒出一缕白烟。但这一切事件，都隔绝了声音，变成虚假的风景画。

乔没有注意外边的事。她继续说她的鸟儿。她的话又再吸引了我。她的鸟儿都有名字。柏柏乖，发发昨天淘气，娃娃几天不吃东西了。逐渐我发觉她其实不是跟我说话，是在跟鸟儿说话。每天她一定都是这样，站在这里，拿汤匙和红杯喂鸟儿，一边跟它们谈话，就这样一直说下去。公司里认识她的每个人，一定料不到她每天回家，在这偌大的家中，就这样久久站在墙边，跟鸟儿说话。

乔抚着一头鸟的翅膀，又用指头逗另一头鸟的尖喙。它们是她的玩伴，构成她的世界。逐渐我好像知道多一点关于乔的事情了。我也听见鸟儿吱吱的声音。有时它们会拍拍翅膀，从墙上飞出来，停在我的指尖，好像是一朵红色的火焰。过一会，又飞走了。

"好了，该睡觉了。"乔对它们说。

她走过来我身旁，递给我两个白信封。

我拆开第一封。

那只是一个空白的信封。

第二个信封，我正要拆开的时候，一头红鸟飞过来，一口把它衔走了。它拍动双翼，在我头上聒噪。一开口，信封又掉下来。里面是书上剪下来的几句中文诗。

蒹葭苍苍，白露为霜。

所谓伊人，在水一方。

溯洄从之，道阻且长。

溯游从之，宛在水中央。

剪纸 ·7·

我看完了，不明白那是什么。

"是这两天收到的，不知是谁放在我桌上。"她说。

好了，这是她的秘密。是谁放在她桌上呢？这人恐怕没什么恶意，或许是个孤独而充满幻想的人，沉默地坐在一旁，看着乔咬笔杆沉思或是谈笑，心中有了感动，把她塑成某一个形象。当他在书上看到一些关于感情的字眼，就剪破书页，断章取义地寄给他幻想中的对象吧！只是，剪古诗给乔是多荒谬呢。她可以感觉莲娜朗斯德或珍妮斯伊安的歌词，中国古诗反而太遥远了。

"为什么告诉我呢？"我问。

她说："我可以肯定一定不是你，我想你告诉我怎么办。还有，你是书虫，可以告诉我那几句话是什么意思。"

她打一个呵欠，反过右手用手背盖着嘴，然后又不好意思地笑笑。她挥手时牵起背后墙上一群红鸟。红鸟环绕我们飞舞，仿如黄昏归巢的光景。

她抱膝坐在地上，垂下头去，双分的头发间露出柔和的颈背。我不知她是不是在听。我自己坐在一个五角形的红色矮几上，四周全是红色奇形怪状的东西。在这样一种气氛里解释不知是谁所引的一段诗经，显得这么困难。天色渐晚了，屋里的红色东西都变得暗淡了。鸟儿乱飞，有时丢下一两个红色的蛋在纸上。她有点心不在焉，站起来说：

"我该怎么办？"

但我隐约觉得，她也不是很担心。也许起先有点惊诧，后来想了解那讯息。但这首诗对她太遥远。她没有什么感受。"我该怎么办？"她又说，但又不像要求一个答案。

她站起来，向鸟儿伸出双臂，像一个孩子回到熟悉的玩具间。她带它们回到墙边，把它们挂上去。她轻轻唱起歌来，像是催眠曲一类的调子，是一种我不懂得的语文，也许是鸟的语言吧。她又喃喃地低声跟它们说话，替一只小鸟找回它的母亲，或是阻止另一只不断打筋斗的傻鸟。她在它们之间，舒展自如。室内的光线渐渐地暗了。

窗外一幅暗红色变成黑色。她没有扭开灯，只是坐在墙角那儿，轻轻地唱歌。鸟儿一只一只闭上眼睛。她也闭上眼睛。

有一会，我以为她睡着了。我轻声说："你睡吧，我走了。"

她很快就睁开眼，说："不，你再坐一会，陪陪我。"然后又闭上眼睛。

我坐在这儿，看着她坐在墙角，穿一身白衣，长发无力地垂下来，搁在扶手的右臂托着垂下的头，看来那么疲倦，跟我们平常在公司见惯那个有说有笑的女子，好像是不同的两个人。

二

刚走进你家，你母亲就说："瑶出去了，还没有回来。"她前面摆满珠子，一个个截半的白色纸皮硬盒盛着珠子，一个深蓝、一个深棕、一个枣红，还有土黄和别的颜色。她手上的针像鸟儿觅食一样在这些盒子之间巡逡，来回喙食相同的谷粒。她捋着线，把彩色珠子拉到黑线尽头，担忧地说："她这几天都是这样，大清早就出去了，不知到哪里去。"

你大姊还未放学，小弟出去玩了。而你父亲，穿着一套粗布间条睡衣坐在电视机前，这时也回过头来。就像往常一样，我听不懂他说什么，但从他朴实的脸上，我感到他也正在担心。所以我就点点头，作一个手势，劝他不要忧心了。

屋里很凌乱也很熟悉。屋角神台上有灯火，柜顶和桌面堆满报纸和旧杂志，小弟的功课翻开，上面压着胶碟，碟里放着半只鸡蛋，蛋黄碎屑混杂蛋壳，还有点点黑色瓜子壳。你父亲正在跟母亲说话，也许在谈你，有时他喉中传来"赫赫"的空洞回响，然后吃力地把痰吐在痰盂里。过一会他又扶着拐杖，站起来，蹒跚走往墙边拿毛巾抹脸。他背着我坐，我只看见淡蓝色荧光幕下面灰白的头发，看不见他的脸容。我看着他的背影，想起那次和你大姊陪他去讨赔偿金；大姊专心搀扶他，当他下小巴不经意碰着了头，她就很紧张，看他有没有什么事，还说："一会不要坐小巴了，坐电车吧。"她一直都很关心父母，现在他们这样担心一定令她难受吧。

我在大姊的碌架床边坐下来。床边桌上靠墙放着她心爱的旧俄小说、沈从文的著作，还有她兴趣范围内的哲学和科学书。另一边你的桌上放着几本旧诗词，一本《山窗小品》，还有一本《青春之歌》，一本吴凡版画的选集。这些书摊开了，或是翻开覆在桌上。我拿起来，结果只是掸掸上面的灰尘。（这真不像你，你最喜欢整洁的了。）桌上有一叠白纸，还有刀和许多管笔。一块油板搁在桌旁。我随手拿起那叠白纸，里面却掉下一幅剪纸。是你一幅未完成的剪纸吧？镂的是一张脸孔，但只是一个轮廓，没有眼睛、嘴巴和鼻子，我不知你想刻的是什么。

近月来，你总是悒悒的。我们都料不到你出来教书不过两个月就愤而辞职了。我知道你觉得同事很庸俗，对学生也失望了。但真正的详情我却不知道。只见你默默坐在家里，许多时我不知你在想什么。往日我们来到你家里，找你和大姊出去散步，都是自然不过的一回事，但近来你的话愈来愈少，仍然招呼我，心里却像想着别的事；仍然跟我说话，但却像有些重要的事，并没有告诉我。当我和大姊两个老朋友并肩坐在床沿，一边剥花生一边天南地北谈话，当她正在谈学生的问题，我偶然回过头来，看见你的眼睛望向远处，心并不在这里。然后，突然，好像不知谁开罪了你，你霍地站起来，走入厕所，砰一声把门关上。

　　不知是不是因为线儿打了结，你母亲没法把针穿过线架上一行彩色珠子。她把针退出来，又在那儿细心解结。那么细小然而难解的疙瘩，叫人一时不知如何是好。你母亲问我知道你是为什么吗？我什么也不知道，只好安慰她，说不要紧的。我没法安坐，站起来，说不如看看你会不会在附近闲逛。我好像是在答应他们设法把你找回去似的。你母亲听了，凝重的脸上浮现一线笑容。

　　你到底去了哪里？我走下旧楼的楼梯，走过上环这些朴实的街道，寻找你的影子。那边一爿中药店，重重的牌子是重重的阴影：生苡米重叠着胡椒根重叠着桑寄生重叠着北芪头重叠着鸡骨草。卖豆的店铺里一包包暹罗红豆、绿豆、黄豆。没有一个人影。卖瓜子的分门别类：北瓜、红瓜、八步瓜，盛在同样胖墩墩的麻包袋里。我记得你曾在店铺前停下，念着这些古老而陌生的名字，叫我们看这些数十年如一日的店子。

你是在这一区长大的，你熟悉这儿附近的小巷。我们一起散步的时候，你告诉我可以在哪里吃到潮州水饺，又在哪个大排档喝到美味的奶茶。你习惯在一个古老的酒坛旁边停下来；当你走过玻璃镜业的铺子，你老早晓得里面几面镜子正同时反映你的几个倒影。

你现在去了哪里？不在街头巷尾。我走进一爿藤器铺，搬开一个藤的五弦琴，听见一阵玎琮的声音，一头藤大象追逐一头藤猴子，一尾藤鳄鱼张口要咬一只藤青蛙。它们都是浅棕和灰白之间的藤色。藤器互相交缠，变成一面固定的墙。这是一个藤的森林，树木盘根错节，枝叶日益浓密，动物的肢体连在一起，交织成一面罗网。单独一头猫儿，没法从里面闯出来。

我走进一条印章的街道。每个摆档的人都在石上刻下名字。名字深嵌在石上，带着深红色的痕迹，带着灰尘，成为不可改变的印记。

我走进一条锁匙的街道，整条街的人都各自打磨一方小小的铜匙，配合一把大锁。每个人都在埋首工作，锁匙擦在磨石上，手儿前后推移，头儿上下摆动。不，你不在这里。

我走进鸟笼街。那儿全是鸟笼。有些鸟笼有鸟，有些并没有。有鸟的笼子在鸟儿跳跃时微微晃动，没有鸟的笼子静止地垂下。我又走进印模的街道。那些糕饼的模子，有些是一尾鱼，有些是金钱龟，有些是蝴蝶，飞翔在两个捧着寿桃的童子旁边。这些木质的模子里雕着生命的图案，生命嵌在里面，由温热而至冷却，成形而坚硬。我走过，在这些鸟或鸟笼、图案或模子中间寻找你。

这些事物，带着它们陈旧朴实的外貌，当阳光照在高楼的顶端，它们沉没在不变的阴影里。时间在外面急步走过，它们凝定不动，带着它们熟悉的气味，带着它们陈旧而美丽的样貌，千年如一日地生活下去。

我走过，注意到旧墙已经剥落，旧楼逐渐拆去，旧有的秩序开始混乱。而在那边，冒出一幢新楼的高顶。我走过，看见杂货店前挂着一把闭合的巨剪，地下满地废纸碎屑，仿佛是它剪出来的。在对面，人们因为避凶而挂上八卦。在横街那儿，有老饕熟悉的鱼蛋粉档，走过一点，有以烧腊闻名的老店。但转出这些道路，外面大街上已是快餐店林立。如果转出外面，闹哄哄的车声和人声之间，我就不晓得该到哪儿找你了。我在拆去楼宇的空地盘旁边停下来，这儿附近原有一所著名的旧式中国茶室，以唐代一位爱茶的人为名，现在已迁往几条街上面的繁华地区，装潢成现代化的食肆。我不会去那里找你的。但我该去哪里找你？我站在这空置的建筑地盘旁边，四顾满地破烂的棕色木板，旧楼上面晒满灰白色的衣裳，一只鸟儿在鸟笼里上下跳跃。站在这里，在这些灰色和棕色之间，我瞥见一闪彩虹。那是一丛彩色羽毛。不，那不是你的衣服，那是一条出售彩色鸡毛扫的街道。有孔雀翎，连成一串的鸟毛，更多的是一丛丛彩色的羽毛扫帚：红色、黄色、橙色，仿如一朵朵大花，仿如一头头巨大的彩色母鸡，蹲在马路两旁。我走过去，在那些彩色羽毛的摇拂之间看见夹缝后远处的闪动，我可以听见外面大街的车辆近了，传来马达和打桩的声音。已逐渐接近中环热闹的市区，彩色的鸡群忽然活转过来，咯咯啼叫。

汽车响着喇叭驶过去。转一个弯角，沿路走下去，在面临大街的那边，有一个小型游乐场。这游乐场游人已经不多，一副破烂的模样，部分铁丝网已经破裂，只差人来拆去几个陈旧的秋千和滑梯、生锈的旋转盘和摇不动的木马，就可以重新建上大厦。它旁边的楼宇都已拆去，空余满地石砾。

我走到铁丝网旁边，就看见一个人影，在秋千架上，正荡得高高的！

那是你吗？穿一身浅绿衣裳，坐在秋千架上，舒展双腿，仿如一株弱草，在风中摆动。你的样子看来真叫人担心，你的秋千一前一后摆荡，晃高的时候，仿佛要越过前面残破的铁丝网飞出去。外面隔着一段行人路，就是车辆穿梭的大街。外面的行人，隔着一段距离，没有注意你。

你的秋千晃高了，更高了。真危险！你在干什么呢？

"瑶！"我在铁丝网的这边喊你，但你并没有回答。我跟你隔得很近，几乎从铁丝网的破缝伸手进去，就可以碰到你的秋千。但你却像听不见似的，仍然在那里荡。

你的嘴闭得紧紧，一副倔强的神色。你的刘海和耳旁的头发飘起来，有时又像小鞭一样落回脸上。你好像看着前方，但又好像什么也没看。你的手缠在铁链中，每一次荡前，你和铁链和木板一起传来嘎嘎的声音。刹那间，你整个人仿佛摆脱铁链的联系，向前面大街冲出去，叫人吃了一惊。然后你又落下来，荡回后面那些旧楼的风景去。你急剧摆荡在两者之间，太危险了。

"瑶！"

你听不见，或许你不想回答。没有用的。我的声音，淹没在那些嘎嘎的声音里。

然后，你把头一仰，腰一折，上身仰躺下来，我仿佛听见头发拍到地上的霍的一声。你的脸孔朝向天空，随着秋千荡上去，跌下来。当秋千跌到最低的一点，你的及肩的头发扫过地面了。你这是干什么呢？你柔软的脑袋离坚硬的地面只有几寸呵。我的心一阵抽紧，像被人拉起，悬空，再掉下来。

"瑶！危险呀！你在干什么？"

没有回答。我连忙跑过去，从游乐场的大门进去。我跑到你身旁，听见你的呼吸声，绞入铁链粗重急剧的响声里。你的眼睛闭上了，你的脸孔在我眼前跳跃。我看不透你的脸容，不知你在想什么，不明白你为什么这样放任地把自己交给一具急剧摆动的秋千。你坚决地抿着嘴，我觉得你好像咬紧牙龈，陷入一种无法自拔的热情中。你根本没留意，我在这里喊你："瑶……"

我不知道，怎样才可以把秋千停下来……

三

我拼完几张图片，坐在高凳上，环顾四周。偌大的版房空空洞洞的，只有远处影房和植字房还有灯火，他们跟我们一起加班。其他的工作人员，日班的已经放工，夜班的要午夜才回来。我捻熄桌下的灯，乳白色的玻璃桌面便变成一团朦胧的灰蓝色。图片的菲林底片只见一团森黑，文字也模糊了。

望向门口，乔还未下来，林和黄也还未回来。只见白色纸屑扔了满地。

昨天乔从手提包拿出个白信封递给我说："我又收到一封。"我打开信封，里面又是从书中剪下的一节诗：

> 这一个心跳的日子终于来临。
> 你夜的叹息似的渐近的足音
> 我听得清不是林叶和夜风私语，
> 麋鹿驰过苔径的细碎的蹄声。

告诉我，用你银铃的歌声告诉我

你是不是预言中的年轻的神？

乔望着咖啡店中央用巧克力堆起来的巨大的复活蛋，它披着金银彩带，又有绿茸茸的绉纸。旁边几只小复活蛋里有黄毛小鸡，黑色的小眼睛灵活如生望着人。蛋旁堆满一包包裹着彩纸系上绸带的礼物。乔笑道："你说那些礼包里是放着东西的，还是光是用来装饰的空盒子？"不待我回答，她又说："我喜欢礼物。一包包漂亮的礼物，有节日夸张的颜色。我喜欢送礼物和接受礼物的感觉。你知道吗？什么礼物没有关系，主要是那种感觉。"

她见我仍在看诗，便停下来，说："可是我感觉不到它。我不明白，为什么有人要寄这样的信给我。"

我想我明白她说的是什么。她把头贴近喷着白色天使图案的玻璃窗，说着对面公园的花草，还有路旁嬉戏的可爱的异国小童。

我看出窗外，却看见一个头戴黄盔的修路工人，一个托着麻包袋走过的男子。她说："看那边，那个穿着一袭长袍的女子，好像是中世纪画作里的人物。那个穿得很少的女子，像是从圣杜贝海滩跑出来的……我在这儿，感到像是坐在巴黎路边咖啡室里。"她看到那些新鲜与奇异的，她的想象力四处驰骋，天马行空。于是，墙上的凯旋门黑白照片有了颜色，在太阳下闪闪生光。小鸡挣开巧克力的硬壳，吱吱唧唧哼着小调，它们钻入台底，喙食地板的蚯蚓，围在我们脚旁，让我们感到绒毛的温暖。少女们尖叫与大笑，提琴师走到你背后，让琴弓发出温柔的呻吟，香槟的白泡像瀑布流下，仿如一部 60 年代的法国电影。那 30 年代的新诗句子，在那里左拐右转迷了路。"夜的叹息……"她从手提包里拿出个银色打火机，"林叶和夜风私语……"点起蓝色烟包里拿出来的法国烟，"麋鹿的蹄声……"她持烟的姿势既幼嫩又熟练，"银铃的歌声……"我看见她眼眶周围有闪烁的粉末，"年轻的神……"我不知那是什么化妆。

"为什么要说'神'呢？"她摇摇头。

她从一个瓶子里倒出两颗红色的药丸，和水吞掉了。我说："你不舒服？"她又摇摇头。"我不喜欢这样的字眼。"她说，捧起脚旁一只小鸡，拿方糖喂它。她扬起手，跟窗外一个持着巨大白色 J 字走过的男子打招呼。当钢琴的声音扬起，她不理会别人的调子，轻声哼起自己的歌谣：

    在我们的爱失落之前你说：
    "我永恒如一颗北方的星子。"

而我说："永恒地在黑暗中，那是在哪里？"

　　如果你要找我。我不过是在酒馆里罢了。

　　她轻轻地唱，笑笑，说："那天我听到一首歌里有这么几句。"

　　她接回我手中的信，把那首诗放回白色的信封里。"我不明白。"她说，"这个发信人想说什么。"

　　在窗旁，在喷出的烟圈旁边，这人或许正在呼叫。他也许是开玩笑，也许是真诚的。在这个化装舞会里，他涂上古老的脂粉。他借别人的模子，表达他的感情。他退在别人的面具背后，或许那是一个不大适合的面具。像京剧的脸谱，不同的脸谱，勾眉和眼窝，对乔来说，毫无意义。乔有一点不安。但我想这人对她不会怎样，一些剪出来的纸张怎能伤害她呢？

　　当然，乔的想象并没有休止，她的话并不滞止在一点，继续舒展。她说到天气回暖的气氛、那种年轻的感觉，那种在大大的天空底下舒伸双臂的舒服。我们在座位里舒伸，白色的蝴蝶飞舞，生命的萨克斯风鸣叫，一株树像一具红色的动态雕刻，竭力在空虚中保持平衡。逐渐的，舞蹈的摆荡到了尽头，乐音在高潮后沉寂，袅袅白烟变得稀薄，渐渐散去，沉淀在窗玻璃旁边，变成装饰的白色粉末和图案天使，蒙蒙一片，看不清楚外面的景物了。

剪纸

灰蓝色的玻璃桌面上掠过一抹影子，我抬起头来，偌大的版房仍是空空洞洞的。白色的人影站在我面前。她今天穿一件白色短袖裙子，上面有橙色图画和黄色花朵，叫人感到天气和暖起来了。她把插画递给我，说："画好了。"

　　画稿上留有字位，我贴上"初夏新装特辑"的题目，写了缩影的尺寸，送进影房，回来的时候她还在那里。

　　"还要留下来？"她问。

　　"还有十六版——字还未植好。"

　　她问其他人，我说他们出去吃饭了。她略一迟疑，又从画簿里拿出夹着的一个白信封。这类白色信封，现在我一看就感到熟悉不过，它变成我们之间的秘密。发信者、她和我三人，轮流观看这模糊的讯息，暧昧的面具：

　　　　轻渺，盈盈笑靥，称娇面，爱学宫妆新巧。

　　　　几度醉吟，独倚栏杆黄昏后，月笼疏影横斜照。

　　　　更莫待，笛声吹老，便须折取归来，胆瓶插了。

　　她坐在桌旁，手搁在桌边，又随手捺开灯掣。玻璃桌面映出亮光。她手臂抵着桌面，托着下颚，俯首望向桌面不透明玻璃内那些隐约的云絮光晕；光映在她脸上，是一种浅的蓝白色。

她的长发束起在后面。空气中有夏日的温热。她自言自语："我的鹦鹉病了，不愿吃东西。"

过了一会，她说："我不知道发信的是谁。"她看来有点发愁。她说愈来愈感到不自在，这样每隔三四个星期，就有一个白色信封放在她桌面，里面一节不同形式的中文诗词，仿佛要向现实生活里的她说点什么，但即使经过解释，她也觉得那些诗显然并不适合她。她说她开始感到，像是有一个人一直站在旁边，把她看成她不是的样子，像是一个幻象或什么的，这使她很不开心。到底是什么一回事呢？她说她母亲回来又走了。而昨天，她在窗旁跟蚂蚁玩了一个下午。"真是无聊，是不是？"她轻轻地说。不过到了晚上，却做了一个噩梦，梦见浑身爬满蚂蚁，赶也赶不走，洗也洗不掉，把她吓醒过来，所以昨晚根本就没有好好睡过。病了的鹦鹉，不知该让它吃点什么？面对那头丧气的鸟儿，真是伤脑筋。

她随手开关桌面的灯掣，那白色玻璃的眼睛一眨一眨，忽明忽暗。她把信放回信封里，环顾四周，说这就像有个人躲在背后阴暗的角落里，当她回转身呼喊，那人也不会现身出来，好好地面对面谈话，这使她很害怕。

"他们回来了。"我说。她回过头去，看见林和黄，还有体育杂志的马和菊，正从版房的大门进来。她说："我也得走了，我约了人吃饭。"

林说："好了，又多了一个帮手。"乔笑道："今晚不行，我约了人吃饭。"马说："哈，人家约了男朋友。"乔笑起来，她在人群中，又恢复了笑容。黄正把买回来的纸杯咖啡分给大家，失手倒泻一杯。菊替他张罗找抹布。

乔说："谢谢，我不要了。"黄说："不要紧，我买多了几杯，这儿——你的。"乔接过了，说："黄真好。"

她帮忙把咖啡递给那边桌子只穿一件运动衣的马，说："马真壮。"马笑道："我们搞体育的人嘛。"

黄忽然认真地说："乔，你近来的脸色不大好！"他的语气，把我吓了一跳。乔说："是呀，我昨天简直没睡。做噩梦！那些蚂蚁……"她把那个蚂蚁的噩梦告诉他们。马开玩笑地解释蚂蚁的象征，黄严肃地摇头叫她注意健康，而一直低头工作的林，也插嘴向她推荐用中药材煮汤。黄说："林就是熟悉这一套！"马在那边探头看看，说："哗！我们还未开始，林已经拼好半版了。林真是勤力。"乔附和着说："林是最专心的了！"这时菊拿着影房弄好的菲林和字稿回来。乔把桌上的咖啡递给她，笑道："你今天的裙子真漂亮。"菊说："哪里！你的才漂亮呢！——是画是不是？"

这样说，我才注意到，乔裙子上黄色和橙色的图案，原来

也斯作品

是梵高的画作：灿烂的黄色向日葵、海滩上寂寞的破船、无人的教堂和吊桥，一小幅一小幅印在白色上，就这样看来，还以为不过是一般花布图案。那些用粗重笔触热情绘就的柏树与稻田，看来变成了装饰。

乔喝过咖啡走了，菊还在那儿赞美她平日的衣着。那对我来说，是完全陌生的一回事，所谓"诗韵"的衣服，"康士登"腕表，"都彭"打火机，什么皮尔卡丹、伊夫圣罗兰、华伦天奴、卡地亚等等，对我来说，简直比火星还要遥远。但由菊说来，牌子似乎代表了一种身份，她所读的杂志小说和报刊杂文，肯定了这个意义。不过乔的装扮，离开了她私人内行的圈子，其他人就欣赏不到了。这么多华美的装扮，落空了，正如向无人的旷野唱一阕情歌。"我只看见颜色罢了！"我感慨地说。菊摇摇头，笑道："当然了，你是我所见衣着最随便的男人。"

我锊去照片菲林的黑边，把它们贴在图位上。乔绘的模特儿，总带着一点外国女郎的模样，有点像《时尚》或《十七岁》上的插画。这一组图片，原来是找人摄影的，但找的那两个香港模特儿，穿上这批外国夏装，总有点不对劲，拍出来的照片，有点呆呆的，老板不喜欢，结果就改用画了。

林说："乔的画有职业水准。"黄举起另一张菲林，说："很有韵味。"马说："她的好处是快，在这儿这种大机构工作，好坏不要紧，最要紧是赶。"菊说："乔真是多彩多姿！"不知是指她的插画还是她的生活。他们望向桌旁的空位，仿佛看见超越现实生活压力的、一个现代的幻象。

林问黄："这儿植字稿比字位长了，怎么办？"黄看了看，说："赶时间，不要移位，删去这段算了。"林说："可以吗？"黄说："这类星座的东西，谁会认真看？多一个少一个星座，没人理会的。"马接口说："你们晓得吗，有一回我拼好了版，才发觉在一段稿后面有几百字空位。没有图片可以塞位，结果随便找份妇女杂志剪一段下来，塞在文后，结果谁也没发觉有什么不妥！"他呵呵大笑起来。谁也没发觉，球星生活和妇女美容的两段文字之间，有什么不连贯的地方。"所以，"他下一个结论，"你只要不留下空间就是了。反正老板是外国人，他并不懂中文。中文版的杂志，他只要图片多，内容有没有意思不要紧，只要不触犯法例就可以了。"他挥动剪刀。是不是他在那边桌上，现在也正在大剪特剪，这里剪一段，那里剪一段，凑起来交差算数？

"何必太卖力呢！你尽力去做，人家反而以为你有什么企图，设法在背后中伤你了。"马笑得有点辛酸，黄点头同意。他们继续挥动剪刀，像街边一个卖牛杂的小贩，剪下一小块一小块牛肝、牛肺、牛肠，他剪下白色胶杯、桌脚或是炎热天气中发痒的头发；他剪下泥泞、蟑螂或是墙角的洞窟；他剪下星座、信箱、时装、饰物、艺员、秘闻；他剪下体育、花絮、电影、广告；他剪下泳装、三温暖、联谊会所；他剪下男女信箱的纸薄的温情、粤语流行曲的哲学、星座的宗教和电视银光的灵视。

"在红色的地毡上面，柔和的烛光摇曳，白衣的仆欧端上银色的器皿……"（"这家伙，不知是不是收了别人的钱！"）"她说她喜欢阅读文艺小说，听古典音乐。"（"你发觉吗？每一个纯情女星都说自己闲时喜欢小说和音乐。"）"这部电影可说是一部划时代的史诗！"（"昨天晚上在翠园请客的菜式一定不错。"）"所有优秀脑袋已进入这最具刺激性的媒介。"（"这人定是想在电视谋出路。"）"昨天收到一封信，谈起拙作……"（"又在做广告了。"）

所有的文字和图片挤成一团，塞在这狭小的版面上。菲林上满是污渍，需要刮净或是填黑。皱了，有了折纹，有些字体错了，有些缺去，有些整幅倒转。我们围在这一张玻璃桌面旁边，每人手持锣刀、剪刀、胶纸或是其他什么古怪东西，但也无能为力。马窥进那些菲林中，对那些文字大加揶揄，乐在其中。

我最先进来工作的时候，对这些事情感到不惯。学院的训练，叫我相信文字。但在加班的疲倦的夜晚，版房空洞的嗡嗡声中，肘旁是倒翻了的咖啡的污渍，人们的锣刀不分皂白划过字里行间，加上一点滑稽的语气，很容易就会觉得：文字可能是伪装的丑角，抹上一层脂粉，又抹上一层脂粉，没有真正面目。

当马拿起一篇文字，怪里怪气念一遍，总惹得我们大笑起来。他让我们看到文字背后的暧昧，使我们不相信文字。文字失去它的意义，变成另有隐藏的私人目的，变成跟原意相反的东西。文字完全失了信用，它成了广告牌子，手上戴着的腕链，成了万花筒的色彩，美丽而无意义的碎片。

黄伸手一拨，把桌面锯出来的碎片，拨到地面去，它们纷纷散落，变成尘埃。他粗暴地抓起用过的字稿，把它们搓成一团。一面对埋首工作的林说："不用那么认真，马马虎虎可以了。"林没有说什么。马执起一张我们刊物的版样，继续朗诵。

"这部机可以作十五种不同的混音操控，本身有四种音源，包括咪高峰、收音、录音和备用讯号，能够即时混音由扬音器播出或者将混音效果录音……""我是一个敢爱敢恨的人……""在星期六第五班四场赛事中，这个马房又有几匹马应加以特别留意……"《故梦》是我所看过的最甜的电影……""医治糖尿病的特效药……"

马一口气读下去，把这份通俗刊物上各种不同的文字混在一起，用一种滑稽的声调朗诵出来，有时，更加上一两句评语。唱着"看流水，倍陶醉"和"今朝等到侬家"之间，他又滔滔而谈。他的讽刺不无刻薄的地方，起先我是不习惯的，好像是说我们这样每日的工作，不过是在拼贴一些垃圾。但他的讽刺里也有痛快的东西。我拿着锞刀工作，往往因为听他的，不禁停下手来。

"周润发又有罗曼史……""大导演一年一度精心制作……""狄波拉昨日辟谣……""女孩子为了美容，受一点苦算得什么……""姊妹们，千万留意你的丈夫……""爱情像云雾一样……呀，我们来到这才女艺员的专栏，好了，是什么云呢？是辐射云吧……"

我们晓得又有一场争辩要来了。那是黄约回来的一个电视女艺员所写的专栏，黄总是把她称为"才女"，说她写感情写得不错。马也照样复述这句话，却是带着嘲讽。他从不放过揶揄的机会，黄就会像现在那样，说："你为什么总是针对她？"

当他们埋怨工作辛劳，说做事不必太认真的时候，他们是一致的。但在这些事情上，就显出了分歧。马当然并不是针对她，他不是针对任何人。他只要取笑一切，严重起来就对用文字写出来的都不信任了。相反，黄则是个读点书又写点东西的人，他喜欢罗兰、晓风的散文，喜欢叶珊而不喜欢杨牧，看星期日的筹款艺术早场，也看洛麦古垠、赫塞；而马则喜欢漫画、《神探女娇娃》以及英国足球大赛。

马没有坚持争论，耸耸肩，笑起来，煞有介事引吭高歌，把我们都惹得笑起来了：

　　千般相思似毛毛雨

　　抑郁苦恼一于作首诗

　　写遍艳丽言词合妳意，

　　借以表心痴。

那些伤感陈俗的句子，被他笑嘻嘻唱出来，变成一种反嘲。他皱起眉头，好像无限苦恼，他愈是装模作样，愈是叫我们发笑。菊说："马真是个开心果。"她看黄一眼，又说："但你也不要常常挖苦那个专栏，人家也写得不错呀。"

黄失去了争辩的对象，转过去对林说："不用校对得那么仔细了，做另一版吧。不然做到半夜还做不完。"林说："你们先走吧，我留下来'埋尾'好了。"

马又开腔了，"我看你们真惨。整份刊物有几百样人，每次加班都是只得你们三个。"

"比如你，"他转过头来对我说，"你是出版部的美术编辑，为什么这份周刊每次加班都要找你？"为什么？我可没想到这个问题。是什么时候，由谁开始指派的？我开始回想了。刚才我一直还是旁观者，在旁看着这出闹剧，一下子，我卷入戏中，与剧情发生了关系，于是我开始反省自己的角色，思索台词。

马词锋一转，又放过了我，转向黄："而老熊他又做什么呢？只是每星期写一段电视剧的剧情大纲，弄弄节目表，而他每日八小时坐在那里……"

一眨眼，我们的玻璃桌面上，坐着一个瘦小的家伙。"他是经理的人，老板不懂中文，所以由他居中传达。"黄说。这人显得很辛劳地从一叠电视台油印的故事大纲那儿抄着于是美霞发觉自己患了绝症为了牺牲自己她决定离开志强。"所以他就自己没有能力又要弄权，给上头打小报告？"马说。一眨眼你发觉这人不在了但留下一件外衣。"出来做事，哪个机构不是这样？外国机构还算好的了。"黄说。一眨眼你看见这人捧着十公斤的报纸从洗手间出来。"有什么好？"马说。一眨眼这人带着笑脸进入外国老板的房间。"至少设备好一点，薪金好一点，制度好一点。"黄说。一眨眼这人站在这人或那人的背后。"外国职员的待遇才好罢了！"马说。一眨眼这人正在说某个电视艺员的身段。"外国机构比较公正，福利比较好，"黄说。一眨眼这人翻开学生字典教训某人"渡"字古写作"度"。"有什么公正呢？还不是一样有人事关系，有党派。又有什么福利？我们和外国职员的待遇是不同的。总之是中西夹杂，但却混合了两边

剪纸

的缺点！"马说。然后一眨眼一星期后这人交出那段抄了一星期的几百字结果美霞与志强黄昏时在海滩重逢。

我坐在这儿，把头转往左边又转往右边，转得脖子也累了。黄对外国机构还存有幻想，马却哈哈大笑，拍拍那张看来光滑的玻璃桌面，从下面赶出一大群老鼠、蟑螂、蚂蚁、爬虫、蜈蚣、蚯蚓，它们四处奔跑，践踏着那些扔在地面的零落的废纸，传来急促的窸窣的声音。

菊嘎嘎作笑，林翻动玻璃胶片，霍霍作响。我呢？我开始细想这些事情。他们都比我先来一两年，相对之下，我还是一名新丁。我拼完一版图片，帮林校稿，那篇专栏的作者说她曾经沧海，觉得这世界没有真正爱情。这篇文字不是前两日在日报上见过？

"我们弄好了，你也可以走了吗？"菊问黄。

"好了，你弄好便放进里面的桌上吧。"黄对林说。他们收拾东西，准备离去。马伸展双臂，长长地打个呵欠。菊走过来，帮忙黄叠好已拼的版。我想我反正没有什么事，可以帮林弄完最后一版才走。

"走了！"他们欢呼一声，连跑带跳离去。马放开喉咙，唱着流行的歌谣：

也斯作品

我地呢班打工仔

一生一世为钱币做奴隶

在空寂的版房里，这声音特别响亮，不知怎的听来有点刺耳。

等他出了大门，还隐约听见从外面长廊传来的破碎的片段："为两餐乜都肯制前世……"

"灯坏了！"林说。我回过头来，看见玻璃桌面一闪一闪的，下面的灯坏了，一眨一眨闪着白光。

我继续校完最后一段，白光闪得眼睛很不舒服。那篇文字说武侠小说的价值不亚于世界名著，只有自命高级的知识分子才不去读它。我停下来想想。林在旁边继续工作，不断锣字，没有停手。白光闪动使眼睛很不舒服，林却没有抱怨，默默做事。我感到有点热，有点累，想喝一口咖啡，却发觉已经冷了。

我抹抹额上的汗，把垂下的头发拨回去。我想洗头，洗澡，睡觉。坏了灯闪着光的桌面上散满破碎的散字，东歪西倒，没有秩序也没有意义。有些粘在桌边，有些粘在手上，有些掉到地上去。一丝丝的红胶纸零落地粘在这里那里，在我们的手肘上，像一个个伤疤，林问："什么事？"我说："没事。"又继续校对。版样后桌面白光闪动，看久了眼睛十分疲累。

我用手去拍桌的边缘，它发出"砰砰"的声响；我把灯开开关关，这都没有用，没法把它矫正。我只好赶快。字都校好了，但这篇文字，是不是已在报上刊过呢？我问林。

他看了看，说算了。多一事不如少一事，然后他说，这是个是非最多的圈子。

"你以前做什么呢？"我问。

他说他最先偷渡出来的时候，做过地盘工人、花王、书局的售货员、报馆校对，认识了现在的老总，介绍他到这里来做老熊的帮手。

他又说，这个圈子是最难做的……他好像想说什么，又低下头去，沉默了。

我仍在这里固执地拍着桌的边缘，只传来暗哑的"砰砰"的回声。他的侧脸是一笔粗拙的线条，颧骨微微突起，面容朴实。他说话的时候带一点乡音。他也说笑，但话不很多。有时，马拿着一张赛马贴士的日报，折成几折，在上面用红笔圈了几个数字，递到他前面，说："要不要来五块钱？"

他就会迟迟疑疑的，终于伸手进口袋里掏钱，一面裂开嘴巴笑道：

"碰碰运气也好！"

此外他总是默默地工作，像现在这样，做完了又细心再看一遍，然后叠好版样，拿进里面的桌上放好。

我收拾桌面的工具，熄去坏了的桌灯。环顾四周，偌大的版房空空洞洞的。远处影房和植字房已没有灯光，他们都离去了。满地尽是废纸屑，在墙角垃圾桶那儿，堆着一大堆废纸，我认出是上星期的杂志。

四

来到你家楼下，已经是傍晚了。你大姊站在楼下买橙。我问："瑶怎样？"她说："今早开始，她就坐在那儿剪纸，不吃饭，不说话。我们问她什么事，她也不回答。"她又说："刚才我拉她出来散步，她刚上去。"

走进你家，我发觉出奇的安静。大家都在，但没人说话。我一下子看见你坐在床沿，俯首就着床边的桌子剪纸。我叫你："瑶！"你没有抬头；我在你旁边坐下，你也没有回过头来看我。旁边的旧唱机上搁着一张黑色唱片，没有收好。不知是你大姊还是你听过的。

我环顾四周。电视机关上了，它瞪着空洞黝蓝的眼睛。你父亲穿着短袖的白汗衫，躺在一张帆布椅上，右手一下一下轻轻拍着前额，眼望天花板。当我唤你，我感到他抬起头来望我们一眼，然后又垂下头去。他好像说了句话，但我听不清楚那是什么，室内又再静下来。只有他拍着前额的"啪啪"

也斯作品

的声音，还有就是穿珠的沙沙声。他扭过头，没有再说话了。

在你桌上放着一个油盘，画稿和颜色纸钉好，放在油板上。在画稿边缘，还有在画稿的刀刻的纸缝后面，可以看见红色的色纸。你一手按纸，一手持刀。你的刻刀握得很直，眼睛凝视着刀端，整个人全神贯注看着那上面。

你刻的是什么呢？在油盘的旁边，我看见一头熊猫，还有一头小鹿。它们都是红色，还未贴在白纸上。是你刚完成的吧？我不知道它们刻得好不好，我只是觉得好像还未完成，熊猫身上的毛像是尖刺，而头上隆起的耳朵像一个角，鹿的颈子又太长了。你整天就是坐在这儿，刻一些你从未见过的小动物，凭空塑造它们的样子？

我看你正在刻的画稿。那是一只凤鸟吧？在一朵花上面，一只张开羽毛的大鸟。你笔直地握着那管刀，专心追随画稿上淡淡的铅笔线，刀拔起来又切下去，一刀一刀，不停缓缓地移前去。

但是，我看见你的刀常常刻到线的里面或外面。有时你好像看不见那太淡的线，所以就停下来发呆；有时你把羽毛上的小圆点镂方，有时你笨拙的刀子把犬牙交错的尖刺弄钝，有时又把太纤幼的一根线锼断了。你吃力地移动刀子，却没法准确地捕捉白纸上那淡淡的影子。

你手指夹着刀，包着刻刀的布已陈旧而发黄了。你已放下了一段日子，不晓得现在为什么会再拾起这工具？桌面放着凌乱的纸张，上面有铅笔的草图，画着麒麟、狮子、松鹤或是双鱼，有些只是草草几笔，有些涂污，有些又撕破了。

　　有人拍拍我肩膀，我回过头去。"我返夜校了，你等我回来。"大姊说。我点点头。

　　我看看你，你的背影看来那么单薄，你的双肩那么瘦削。我看见你伏下头，把头埋在臂弯里，你的手肘挪动时辗过油盘上的画稿，使它摺出一道皱纹。你的黑发轻轻起伏。

　　"什么事呢？瑶。"我问你。

　　你抬起头坐好。当我望向你，我发觉你的眼睛好像湿润了，反映着昏黄的灯光。

　　"没有事。"你平静地回答。然后你加上一句："我……我要赶着工作。"

　　于是你又握着刻刀，沿着一道线，慢慢地由上而下一刀一刀刻下来。

　　在你身旁，我看见桌面玻璃下，在你手肘附近，新压着一段好像报刊上剪下来的文字：

　　"他拿着剪刀，神态安闲。他沿着画稿上的图线，由左上往右下慢慢地剪成一个圆圈。"

但你赶什么呢？这不是你的工作，也没有人托你替他们剪一些花款，你为什么这样做？我并不知道。不过从你专心的神态，从你认真的脸容中，我可以感到你的感情，汹涌地从刀尖汇入纸上，留在那些笨拙错误的剪纸的痕迹间。

　　我看着剪纸再看你，然后又用注视着你的敏感脸孔的眼光看桌上完成的那几张脆弱的剪纸。那些你从未见过在幻想中创造出来的熊猫和小鹿，造型粗拙而失真，但现在当我细看，也见到一种简朴素雅的味道。

　　你在按平刚才不经意弄起的皱纹。那里有一横阴影，是阻刀的凹沟，却怎也没法捺平。你小心翼翼，一刀一刀刻下去。

　　图画刻了一半，图中那只凤鸟，一半露出红色的纸边，一半还是朦胧的线条，而你又停下来了。

　　你抿着嘴。用另一只手的手指碰碰刀锋。

　　"……他在幼的磨石上磨刀锋。磨了一面，又磨另一面。"手肘挡去了几个字，下面是："看着那闪闪的刀锋。"

　　"这是谁的访问？"

　　"唐。"你说。

　　"唐是谁？"

　　你没有回答。过了一会，你放下刀，换过一张画稿，这新的白纸上用铅笔画了幅草图：一个清癯的中年人，穿一袭棉袍，似乎带一副金边眼镜。

怎么我没见过他呢？"他是谁？现在在哪里？"

"沙田。"你说的时候似乎带着一个很淡的笑容。

沙田？华也住在沙田。最先看到你的剪纸，是访问华那一回。那是三年，还是四年前？总之是中国民间艺术逐渐在香港这地方重新流行起来那一阵子。在书店里，一叠叠剪纸、木雕、泥塑、灯彩、石湾陶瓷等的彩色画片，起先是形迹可疑地，然后是明显地增多起来了。我们一些朋友的书架上，加缪的《堕落》旁边早已放着香港翻版的《鱼目集》，这时又添上翻印的谈汉画和敦煌的小书，考古和出土文物的图片。装饰在墙上的比亚兹莱的黑白线条画除下了，掸掸灰尘卷起来，换上翻印的李可染的《牧童与牛》，程十发彩裙飘舞的《撒尼姑娘》，书架上的荷兰木屐和水晶球移开，放上一两个小巧的泥人。我记得那气氛。那时搞艺术的朋友逐渐没有那么热衷搞硬边和普普，开始说什么乡土趣味，到上环的纸铺去搜寻年画剪纸，甚至符签，天真地以为从这片面零碎的搜集中可以捕捉到中国艺术的精神。新年时，杂志都介绍年画和剪纸。我们替一份刊物做访问，原来想访井淼谈剪纸，可惜联络不上，从来就有人说：过去有一位粤语片演员，也是擅长剪纸的，只是粤语片衰落以后，改行从事进出口生意，没有演戏，也不知到哪里去找他了。后来知道你大姊过去搞话剧时跟他认识，我们就找你们一起去访问了。

华跟你画的唐的样子不同。他比较粗壮，没戴眼镜。他说话时很严肃。我记得他声音有点沙哑。当年轻的惠兰问他为什么喜欢剪纸，他就说：从前在家乡，每逢过年过节，或是做喜事的时候，大家都用红纸剪了图案，贴在窗户或墙壁上，有时贴在贺礼上面。在婚礼中，连新郎的鞋面都会贴上剪纸呢。哦——当时大家就都赞叹了。因为我们对那些风俗，是一点也不认识的，就这样听来，感到十分新奇。只有你和大姊，我看见，安静坐在一旁，温婉地微笑着。这些话，你们一定以前就听过了。

当华说："从前在乡下，我每次过年过节都忙着剪纸。"当惠兰他们吵着要他表演剪纸给我们看，大家一窝蜂涌进他的书房围在他桌前的时候，我看见，你大姊也只是安静站在一旁，看他选一张画了草图的画稿，选两张不同的色纸，回答他问她的意见。而当其他人看到那种种不同的刻刀、磨石和油板，大惊小怪地问着"这是什么？"的时候，她什么也没说，只是帮忙把东西移开，把工具放好。

我看见她安静地站在那里，看他刻纸。他握着刻刀，沿着画稿上的圆线，由左上往右下慢慢地一刀一刀刻。

他刻得很慢。大家逐渐才发觉，刻一张纸需要这么久的时间。有些人还满怀兴趣地看下去，欣赏他细致的刀法，有些人却踱开去看柜上的摆设了。

他桌上有两块磨石，他停下来，先在粗的磨石上，然后在幼的磨石上磨磨刀锋。磨了一面，又磨另一面。我们可以看见那闪闪的刀锋。他工作的时候很沉默，只有刀刻在纸上的沙沙的声音。逐渐又多几个人不耐烦，发觉剪纸原来不是即时的魔术而是连绵的工作，他们踱开去，老实不客气地在那边的沙发上坐下，抽出书柜里的书本和杂志看起来。

他刻了许久，比我们原来想的时间长得多。他好像一点没有发觉那几个年轻人的不耐烦。最后，他把镂好的舞狮拿出来，放在白纸上，用糨糊贴好四角。然后又在一块三角形纸片上涂上厚厚的糨糊，伸进白纸和剪纸的间隙中，一点一点粘住。我们看见，狮子是红色，人是黑色。这时，刚才走开去的人又再围拢过来，赞美这完成的手艺。只有大姊和你，我看见，一直站在他身旁，带着温柔的笑意，看着它刻成。

大姊比我们对这些事情知道多一点。当他离开书房的时候，她给我们解释那剪纸的好处。她的眼睛仿佛在它上面看到多一点东西。一张照我看来是普通不过的舞狮图，她看到更多优点。在说到刀法的时候，她指着桌旁挂着的另一张刻着两个小女孩

· 42 ·

也斯作品

在洗衣盆洗衣服的剪纸举例。有人问："这是他做的吗？"她说："是他太太过去刻的。"那人又问："她在哪儿？"她说："在内地，他正设法申请她过来……"说到这里，他回到书房来，大家也就没有谈下去了。你站在一旁，垂着头，什么也没说，只是伸出手去，轻轻抚摩那剪纸。

　　他拿出收藏的剪纸给我们看。我们每人拿了几包，一张张翻来看。每一张陈旧而半透明的白纸里面，夹着一张剪纸。我翻开的时候，感到它轻脆的生命，像是一只蝴蝶，在那儿轻颤。再合上纸，它就是美丽的蝴蝶标本，隔着一层纸露出暗晦的颜色。蝴蝶扑扑地拍着翅膀，在我们头上飞舞。在一片赞叹声中，一个白白胖胖的娃娃跳上我膝头，跟我一起看另外两个小娃娃演奏音乐，他们一个拉二胡，一个吹箫，奏的是轻快的音乐，我却叫不出名字，大概是民谣吧。而另一些少男少女，穿起傣族、蒙古族和藏族的服装，跳起民族舞来。他们手中都持着东西，有些是手鼓，有些是笙筐，有些我简直不晓得是什么名堂。女孩子穿着宽大的长裙，那么一仰腰，一弯新月的长眉下的眼睛，盈盈地望着你。她挽起裙，一群蝴蝶从裙里面扑扑飞出来，有紫蓝色、绿色、红色和浅黄色，它们飞远，化成小点。这些彩色的小点是米粒，小鸡们争着啄食，它们拉着少女的衣带，把她团团转的，像一条蚕儿那样缠起来了。蚕儿爬过桑树，在

剪纸

叶丛中传来沙沙的声音。那是落下来的雨，被一柄油纸伞挡住，伞下四个小人儿挤作一团。那是衣裙绰缛，舞蹈中的少女一转身，男子穿着短靴，一顿足，恰如一声锣的收结。那少女的衣袖翻起，露出一截竹笋一样的手臂。熊猫正吃得津津有味，它笨重的步伐，就像一下一下沉重的鼓声，一点一点沉重的黑色。大片深黑色或深红色中露出一圈星形的白点，那是牛身上的毛，或是菊花。一头鹿身上的毛：五瓣的梅花。花朵长在动物身上，在人身上，在墙壁上，在窗户上。桃李在春天，菊花在秋天，而松柏在严冬。我沿着一道长廊走前去，两旁是古式的窗户，窗花变成遮挡的屏障。我蘸了涎沫，在窗上戳穿一个小洞，窥望进去，只看见里面人影幢幢。那是孙悟空或关云长、武松或是老虎。他们摩拳擦掌，或是挥动刀棒，尽是闪闪彩色的影子，像是捻着一本厚画书的边缘，霍霍地翻过去迅速看到的风景。有些彩色的脸谱，我完全不明白它们的意义，不了解它们代表什么。走过长廊，在每个古式的纸窗上戳个洞，终于我发觉自己口里再没有涎沫。在东面或西面的厢房里，老虎咆哮、雄鸡啼叫、女孩踢毽子、男孩放爆竹、人们拜祭天地，互相恭喜。乖巧的丫鬟，成群窃笑走过，举起的袍袖掩着嘴巴。小男孩抱着弯角的绵羊，扎两根小辫子的女孩坐在大白鹅身上，男孩踮起脚去亲雄鸡的脖子，女孩俯在母猪身上，有成群黑白夹杂的

　　　　　　　　　　　　　　　　　　　　也斯作品

小猪正在吃乳。这些男女儿童，粗眉大眼，只穿着肚兜，露出白白胖胖的臂腿，他们的身体有奇怪的比例，比如雄鸡旁边那男孩，还没有雄鸡那么高，他的头又比身体还大。随着锣鼓的声音，我又看见人们正在舞狮，狮首向这边或那边昂扬，配合着锣声响亮的擂击。这声音陌生又熟悉，但却这么沉重，又太响了，好像牵引了我的心跳，又使我想移开这压在心上的大石，不再听它。

在人们的欢呼声中，一群人踩着高跷来了。有人舞剑、有人弹弦子、有人走钢索、有人踩独轮车、有人双手转盘、有人单腿顶竿、有人抖空竹、有人耍花坛。噢，我们的朋友也在里面呢！惠兰打扮得像新娘子，戴起凤冠穿起锦袍，跟穿起长衫大褂的高拜堂成亲，音乐灿烂，烛火明亮，我可从未见过他们这样打扮。高和惠兰的鞋子上，还贴上剪纸。徐一手持杆，转动五六个盘子，白小心翼翼地踮起脚尖，走过钢索。而我自己呢，不知怎的，踩着高跷，每走一步，就像是腾云驾雾。突然，高和惠兰给脚上那些像海滩退潮时纠结的海草和绳子那样一大团沉重的剪纸的网绊倒了，徐的碟子像满天花雨掉下来，而白则踩了个空，像断线的纸鸢那样倒坠，急急忙忙攀着一点什么，正在那儿呼叫。最后是我自己，栽了一个筋斗，掼在地上。不，我在地面看清楚了，并没有惠兰、高、徐或是白，只是没有脸孔的剪纸的人形，没有什么混乱，仍然是那样准确而没有变化地玩着他们的把戏。而就在这时，我看见了你，瑶，仍在这一切颜色和声音和动作之间。你伸出手去，想抚摩它们，想跳入它们的队伍中，却怎也不成功。那是因为它们尽管彩色斑斓，却是印在一张旧纸的平面上，而你却是活在另一个时间和空间中呵。但你却伸出手去，想抚摩转盘的那面，花坛的那面。

主人留我们吃饭，在席上惠兰还兴奋地说着那些可爱朴拙的人儿，传阅那些杂技的剪纸。就在这时，徐发现了一张剪纸，是一个小孩子放风筝。我接过来看，华说："这是瑶做的。四——五年前了？"你说自己做得不好，而且也许久没有刻了。其他人不同意你的话，我们是这时才看到你的剪纸。这样小小的一张剪纸，由打稿到完成，原来你也工作了许多日子。其实我一直留意你对工作这种专注虔诚的态度。那小孩奔跑过来，一只手好像持着风筝的线辘，另一只手持着线，线上是一尾金鱼风筝，金鱼有孩子那么大，也许还大一点，两只眼睛圆鼓鼓，鱼身有鳞片和圆点的花纹。风筝在空中摇摇曳曳，发出嘶嘶的声音。

那天晚饭很丰富，还有黄酒。孩子的面部线条简化了，两只眼睛只变成波浪的弧线，其他部分留下空白，脚板是一个圆圈，也许是赤着脚吧，他扭着脖子，回头看着背后这比他还巨大的风筝，一面巴挞巴挞向我们走来。我们回过头去，听华说过去的事。放风筝的小孩子绊倒了，白挣他起来，他还只顾看后面的风筝。风筝升上去，升上去，然后碰到这古老大屋高高的天花板，停在那儿。华说起五六年前你们的那些朋友，说起过去的香港，说起内地的旧事，说起抗战时的生活，还有那时的戏剧和歌谣。他信口唱着，你眼中露出羡慕的光彩。隔了一段距离，那些炮火和艰苦沾不上身，只有歌曲还是浪漫而激情的。高站起来，替孩子收线，那风筝在天花板下飘来飘去，没有损坏，没有猛风把它吹破，又回到我们身边来。孩子朴素的胖脸认真地看着它。华的话题转回来，再说五六年前你们那群朋友一起共度的热烈的生活，醉酒狂歌的日子。他惋惜地说某个女孩原有才华，赞美某个男子漂泊异乡，并且说到当时争辩民族和人生问题的激情。在这样的时候，你低下头去，好像觉得那是一个你在目前现实生活中无法到达的标准。大姊的反应不一样，我只记得她笑着说：为什么尽在往回看，回忆生活中一些激情的片段？孩子攀着我的肩膀，教我分了心，没有听下去。回过头来的时候，你好像又高兴起来，听华唱起某一首歌的几句。"美丽的夜色多沉静，草原上只留下我的琴声。想给远方的姑娘写封信吧，可惜没有邮递员来传情……"我问惠兰她懂唱这歌吗？她摇摇头，站起来离桌跟孩子去玩了。"蓝蓝的天

剪纸 ·47·

空银河里，有只小白船……"我看见你这几天的情绪变幻不定。"可爱的，一朵玫瑰花，萨地玛利亚，那天我在山上打猎骑着马，你在山下歌唱歌声婉转入云霞……"徐也站起来跟孩子放风筝。他站在那儿，把线放出去，向后退，风筝停在天花板上，他作出把风筝放到高空的姿势，一时又仿佛正在与其他风筝锒线。孩子张大嘴巴，看着他的表演。现在饭桌上只剩下几个人，继续沉入你们的话题中。"在那金色的沙滩上，洒着银白色的月光，寻找往事踪影，往事踪影已迷茫……"惠兰他们显得有点不耐烦了，因为他们没法进入你们的话题中，他们开始看表，打呵欠。"在那遥远的地方……"呵，你们说下去，总是那些美丽而遥远的东西，民歌里的中国，在遥远的草原和打猎的山头，在银河和金色沙滩上，唱着迷茫，遥远而不真实的东西……

渐渐的，说话与歌声沉寂了。我抬起头，看见你坐在碌架床边的桌旁，正在沿着白纸上那个穿长袍的简略的人像刻下去。你抿紧嘴唇，我问："到底什么事呢？"

你扮出一个正常的笑容，向我摇摇头，说："没事的。"

你又专心继续刻纸。我坐在那里，不知该怎办。我看到旁边的旧唱机和放着的唱片，便把唱头放到唱片上，"开帘风动竹，疑是故人来……"粤曲打破了室内的安静。我觉得自己好像骚扰了屋中的人，便想把它关上。但忽然我好像看见你的头动了动，好像对这曲子有反应，我不知自己是不是过敏，或者看错了，但不知怎的，我就打消了关上它的念头，专心与你一起听："新诗句句，念来如情话。恨年年灯月，照人孤零，虚度芳华，梦中人何处也……"

说起来，不知你记不记得，我听粤曲，还是认识了你们以后的事。

粤剧当然看过的，小时候，每次戏班来到乡下，祖母就每晚捉我陪她去戏棚，我喜欢零食和云吞面，却不爱看戏。看厌了，每晚晓得她要过来的时候，就躲起来不让她找到。长大了，交的朋友好像都那么现代，都不说粤剧了。

你们却是不同的。第一次见到，就觉得你们身上有一种不同其他人的素质。比较认真、比较诚实、比较朴素，说一些没有人再说的东西。在那个画家的演讲会上，当他胡说八道的时候，我看见你，瑶，站起来反驳他，为一位前辈艺术家分辩。我奇怪地看着你，勇敢的、年轻的，为自己相信的事情说话，说完话又像个女学生那样安静地坐下去。我奇怪你是从哪里跑出来的。后来我常常想，你们就好像你们住的地区，保持了十多年前香港某些朴素的素质，一觉醒来，四周已尽是迁拆的声音了。

剪纸

起初去你家看画的那个下午，我和你大姊谈到一出粤剧，她很赞赏那编剧，她告诉我她如何把一个古典剧目改动，把原来剧中一个薄幸的男子改为有情，但是因为误会而没有回到他爱的女子身旁，所以可见编剧人比较温厚的看法。我想她说得很好，但也有不同意的地方，我故意抬杠，说习惯的"痴心唯女子，薄幸是男儿"的看法本就不对，说是宽厚，其实即是肯定男性是薄幸的，再去原谅他，这种态度本来就对男性不公平。

　　我尝试说出我过去不喜欢粤剧的地方是什么。我说我不喜欢其中比较伤感怨愤的部分，我不大喜欢那些孤僻高傲的男女。我想说的是，除了那些极端的感情和生活，应该还有些比较宽阔的感情幅度，除了极端的自我鞭挞的善行以外，应该还有些平常的可以在这现代世界适用的日常的善行……

　　也许我说得不大清楚，你知道，我有点口舌不清，一说起道理来，就好像一团一团的话塞在那里，没法表达自己。不过我停住了嘴，没有说下去，因为，在这时，我听见你在我旁边慢慢地唱起来：

　　"踏过海棠轩，步向蔷薇架。谁个烧香拜月，炉烟隐约袅轻霞。只见王母夜敲经，未见天孙随膝下。红鱼声里夜庄严，未敢趋前谈婚嫁……"

　　你的声音很好，有一种平正的感觉，好像在隐约的炉烟中，缓步走前去，我立刻就被吸引过去了。

大姊跟着就接上去："十郎既来之则安之，何以踌躇若此。"

你做出硬着头皮下拜的样子："唔……李君虞拜问老夫人安好。"

大姊："有礼叻，十郎，是否半夜三更，不易托请良媒，亲来下聘。"

你又唱："我想高攀鹊桥玉女家，敢乞仙娥下嫁，不惜千金奉礼茶。"

大姊："小女无庸千金价，配婚论才华。母女沦落了，被遗弃于故王家……"

你们两个合作得非常好，可以看见你们平常一定这样配合惯了，当大姊叫"小玉呀小玉"的时候，你就转回女声，轻轻地唱：

"挑帘卸轻纱，偷向玉镜台淡扫铅华，鹦鹉在栏杆偷惊诧，话我新插玉簪花，曾未见有今宵雅。"

一下子，你好像就从一个男孩子气的你，变回一个女性，默默地带着婉转的感情。

跟着，大家停了下来，原来你改唱女声，就欠了一个男声，没人接上去。于是你推我，叫我接。我怎懂唱呢？于是你们写下了歌词，叫我照唱。

于是你再唱一次："……鹦鹉在栏杆偷惊诧，话我新插玉簪花，曾未见有今宵雅。"我很喜欢你唱这几句，当你唱到"今宵雅"的时候，声音一个回转，好像从一个遥远的地方回来，回到今天的样子。

　　该我接了。我怎懂唱呢，只好照读了："幽香一缕透轻纱，柳烟裙腰丝一把。翰墨有缘能相会，情苗爱叶早萌芽……"

　　我读完，大姊忍着笑，喊一声"小玉呀小玉"，然后唱："女呀，我愧无旨酒迎佳客，你香闺可有合欢茶。十郎的是有心人，大可围炉同夜话。"

　　唱完这一节，大家都笑起来。自然是笑我这个门外汉了。不过我这个门外汉，从这时开始，却开始有了新的感受。本来是一个旧的故事，一种旧的艺术形式，但因为你们把感情放进去，所以也使我感到了一点什么。就在这一段里，因为你们，我也感到了一种生活情态的豁达与自然，感情的婉转与庄严；在可以是陈旧的文字下，看到一些美好的东西。所以我又请你们多唱一点。

　　就是这样，以后我每次听见南音"不惯别离，相对断肠无"，就会感觉到里面所说的愁苦；每次听见滚花下句"凤冠霞帔闯进侯门去，我心如日月气如虹"，就会感到那种磊落和勇敢。从你们那里，我听到腔调的变化、感情的起伏，有些调子，

　　　　　　　　　　　　　　　也斯作品

我也逐渐熟悉了，比方与黄衫客对话的一节："邂逅，盼莫盼于郎长情，劫后，痛莫痛于郎无情。你查名和问姓，霍小玉，至今梦已醒……"我喜欢那些停顿，尤其是"霍小玉"，顿一顿，至今梦已醒，缓慢的，不无犹豫的、惋惜的，但也是连绵的。可是唱到了后面，愤然快唱那几句就完全不同了，你喜欢那几句，也唱得好，急急唱来："妾，从无错处，叹，我自招报应，怨句匹夫变性，"然后就二十二个字一口气唱出来"更怕独对慈母伴我病榻又向夜半问我十郎那负心汉"，我总感觉到里面有些凶猛怨愤的东西，使我很怕听，到了后面接着慢下来的一句："我掩耳闭目不听"，更像是泣不成声，怨郁到了极点，整个人崩溃下来的样子。我很不喜欢，觉得不忍听下去，所以往往到了这一段，我便翻回前面去，或请你另唱一点温柔的什么。

就是这样，在你们家里，我开始接触这个戏剧世界，或者说，回到远远离开了的过去的世界。我听着你们唱，慢慢的，我好像多少知道你们欣赏的东西：那种情义，那种磊落，那种深情，那些在现世逐渐稀少的东西。我看过你的画和剪纸。你好的作品里有这种素质。你的剪纸不多，但与艺术圈里装饰性的乡土趣味不同，你的是你整个人，你生活和感情的自然流露。我看过你一张自画像，是粉红色的调子，画中人低着头，有一种无法言说的神色，直至后来我听到谢素秋唱的"哎吔，可怜露湿鞋儿冷，百拜风神你要顺情，但愿尽向侬吹莫向郎待玉纤重把郎衣整"。我忽然觉得这正好借来描写画中那种光影相成，温暖与湿冷软语商量，挺身承受的胸怀里犹豫的指头和低首的微红的调子。是的，我也开始听粤曲了，离开你们家以后，我也去买了些录音带回家听，我听着，回想你们唱的，慢慢了解你们喜欢的素质。我觉得你们好像想在现实世界里演剧中那些刚烈严正、有情有义的角色。我对你们当然有一种敬意，而你，以你的性格，则使我多一份担心，因为我知道，要在这喧杂纷变的世界里演这么一个角色，是很困难的……

五

在计程车里，收音机扭开了。

播音员一口气急促地说着占美徐点界罗拔陈李察冯点界姬丝汀娜叶泰伦士张点界桃丽丝刘等等，然后歌声响起来了。在旁边，乔跟着那调子，轻轻地哼。

我望出窗外，前面一辆大货车挡着视线，车尾堆满箩筐，望上去，只看见箩顶露出一堆粉红和白色，不晓得是不是一箩箩鲜鱼。车在我们前面，驶远了。

乔停了唱歌，忽然说："我的鹦鹉死了。"

我说："哦！"我转过去，但看不到她是否伤心。

她告诉我，昨天在花园里埋了它，我记不起她家里的花园。也许我上次没看见。

然后她说到这一期的封面打算怎样做。她又说：

"听说黄今天下午就没有回来，气坏了熊是不是？"她说是听马说的。

我说如果他找到更好的工作，那当然好。但她

说听马说，黄是给辞退的，就像上月林那样收了大信封，并不
是像黄自己说那样辞职的。我不知道，这些事情我总是搞不清
楚。几个月前，大家一起在版房开夜班，好像还是昨夜的事。
几个月之间，事情就变化了。老实的林最先被辞退，然后这个
月黄也说不干了。有人传说是公司亏本要裁员，又有人说这么
大的一个外资机构怎会亏本？有人说是外国老板要整顿这份娱
乐刊物，先辞退总编辑介绍进来的人，又有人说是做副手的熊
想夺权。我对这些事情，只感到一头雾水。

收音机里的歌换了一支又一支。车又停下来，那辆大货车
就停在前头，我看清楚了，那箩里的东西不是鲜鱼，是破布屑。

"我们一会吃饭的时候，问问黄就知道了！是了，林走了，
黄走了，你——你不会走吧。"

我说我不知道。是七八月的天气，车里的冷气开得太猛了，
我不知怎的觉得有点冷。

收音机里正播着一支情歌，这次是一支粤语流行曲而不是
一支欧西流行曲，是大卫点界马莉李察点界伊丽莎白亨利点界
莎翩娜东尼点界露丝……

醉拥孤衾悲不禁
夜半饮泣空帐独怀憾

　　　　　　　　　　　　　　　　　　也斯作品

乔摇摇头，好像要把这些伤感的蛛网摔开。一曲完了，又有那么多人点另一支歌给别人，设法借这些歌词，传达一点什么。

"我仍然收到信……"她说。

"妈妈也很爱那头鹦鹉的，"她又说，"晚上，她往往会独自在房里跟它说话。许多个晚上，不睡觉，就在房间里跟它谈天。"她说她母亲，神色里有点落寞。

"她晓得鹦鹉死了，很难过。"

"昨天晚上，我睡到半夜醒来。爸爸在他房里已睡熟了，妈妈房里却还有灯光。我走到房门前，看见她独自坐在椅上，桌子搬近窗旁，桌上摆了一个盘子和几杯水。我还嗅到香味。她对着窗子，不知喃喃地说些什么。我站在门边看她，个多小时了，她一直是那样子，低声说着话，又抬起头看窗子。后来她发觉我在，就告诉我说：如果我们祈祷，鹦鹉一定会回来的。我便也搬一张椅子，坐在她旁边。过了两三个钟头，我们开始听见窗外有鸟儿拍翼的声音，然后它飞进来，停在窗框旁，它真的听见我们唤它，飞回来了。妈妈真是高兴。我们跟它说话，一直说到黎明。听到第一声鸡啼，它要离开了，但它说，如果我们想念它，就会见到它的。然后它就飞走了。我真爱这只鹦鹉，它是这么可爱，但它却要飞走了。以前我爱过一只松鼠，有一天它也不晓得到哪里去了。但妈妈告诉我，我们爱的东西都会回魂的……"

我默默听着，仿佛看见在寂静的夜里，妇人和少女坐在房里跟一只鹦鹉谈话，一句一句断断续续的寂寞的话……

车子进入热闹的大街，食街到了。我们下了车，只见一片五颜六色的灿亮灯光。颜色、声音和光芒。仿佛全香港最热闹的颜色、声音和光芒全在这里。颜色涌起，灯光的喷泉洒了一地，发出叮叮当当钱币的声音。还有彩旗飘扬，绉纸和金粉像雪花一样洒在人们发上。不知是什么节日？复活节和端午节已过了几个月，重阳节和圣诞节又还未来临。但我却看见热闹的人潮，像在年宵市场那样扛着一盆花、一株树、一头玩具熊、一头大笨象、一辆衣车、一个公园和一幢高楼。人们推推挤挤的，偶然有几个男子爆发出响亮的笑声，在角落里，却传来小孩被挤哭了的微弱声音。

乔指给我看，在街角那儿，一个红衣的人影："你看人们穿得多鲜艳！"我仔细看，才发觉她是我们在银行区常见的那个乞丐，裹在一身褴褛的红布里。她有一个砵子，用来盛冷饭残羹，还有一个破烂包袱，放满衣服和烂布，露出一些鲜红鲜绿的破布屑。她安安静静坐在那儿，有个路人看她一眼，她突然龇牙一笑，把对方吓了一跳。

站在路口，对面就是饮食中心。菊来了，过一会，马也来了，黄却还未来。马笑道："我们要送他，主客却未到。"他又说："今天我请客，我赢了六环彩。"他问乔："你相信不相信？"乔笑着摇摇头。只见他伸手进蓝色猎装的口袋里，掏出一大把钞票。我除了在打劫银行的电影外，从未见过这么多钞票。他把它们当纸牌那样嗖嗖嗖嗖洗了一遍，把手掌一反，又放回袋中。他问菊："你相信不相信？"她说："现在相信了。"马哈哈大笑，翻出他的口袋，只见一叠陈旧的单据，此外什么也没有，他转向我问："你相信不相信？"我抓抓头，不晓得该不该相信。

　　正在这时，鼓乐喧天，人声沸腾，仿佛神灵显现。我踮起脚尖，只见金光闪闪，看清楚了原来是一辆济众水的花车，有一个中年男子坐在车上，装出愁眉苦脸的样子，又不断去搓揉肚子，大概是吃得太饱肚痛，突然一个美丽的少女出现了，递给他一瓶济众水，他仰起脖子，咕噜咕噜一口气喝光，然后就变得龙精虎猛，一举右臂把那少女托上半天。路旁围观的人，都拍手叫好了。

　　跟着下来，是手表、墨水笔、电视机、冷气机、富瑶酒店、苹果牛仔裤、香皂、珠宝、化妆品和吸尘机的花车。当香皂的花车经过，马路一片白色泡沫。化妆品的花车经过，香气袭人。

而吸尘机的花车经过以后，把泡沫吸得干干净净，整条街道光洁如新，带来美好生活的幻梦。

马指向那边，引我们望向后面，正在驶前来的一辆"万能胶"花车。在车上有一个外国人正在表演这只新牌子万能胶的效用。我们看见他只要涂上一点手中的万能胶，倾泻的山泥立即粘回山上，倒塌的危楼也再站起来，一切天灾人祸，只要涂上这层万能胶，那就好像什么也没发生过，而且闪闪发光，比原来更美丽呢！

在这后面，是一辆"自动果汁机"的花车。又有一个人在表演。他把苹果、橙、菠萝放进去，没多久就自动榨出果汁，于是他又把香蕉、枇杷、龙眼、西瓜、西芹、芒果全放进去，弄出更丰富的果汁。他榨得性起，索性随手把周围的锦旗、灯饰也放进去，把楼宇、土地也放进去，把周围围观的人也放进去，居然也榨出许多汁液来。这一杯果汁，仿如一大杯鸡尾酒，又紫又黄，又红又绿，颜色互相渗透又互相碰撞，诡异而美丽。

这些花车上都有宣传的牌子，写着商品的名字和简单的宣传句子。五光十色的文字，如"蜚声国际"、"够冻"，"安静"、"准确耐用"、"真正英国制造"、"光猛"、"快捷"、"方便"、"时髦"、"繁荣"、"登基银禧纪念"、"播映十周年"，"花车巡游"、"盛大公映"，像是一辆一辆花车，看得人眼花缭乱。这就像我们读报时掠过的一版广告，没有细看，又翻到另一版去了。

在花车队伍的背后，黄施施然出现了。他穿一套浅色西装，打起领结，比平时还要整洁。他一派不在乎的语气，表示是看不过眼，愤而递上辞职书；他觉得海阔天空，电视和报馆方面充满无数机会，对前途是十分乐观的。马附和着说，是的，在香港这样自由的地方，找工作还不容易？

我们走入这满是食店的街道，听见油脂嗞嗞作响，铲子与锅摩擦，发出连绵的哀鸣，刀子在肥肉上摸索，铜匙在大桶中旋舞，滚热的油像燃点了的爆竹，四处乱窜；火舌高涨，犹如猫儿追扑老鼠，又啪的一声化为浓烟。一个日本厨师，在砧板上快动作乱剁，还向空中耍几招劈空掌。一千个鸡蛋同时打碎，蛋黄流入钢铁的机器中，数不清的筷子霍霍地把它搅拌成一团乳黄。一个人身巨大的铜咖啡壶，打壶嘴冒出白烟，氢气球那样在大气中载浮载沉，飘到人们头上，一倾侧，把咖啡淋了大家一身。一个白衣的仆欧，推出一辆银色小车，车上有一头冰雕的鹅，他用一柄解剖刀，把鹅剖开，取出一条小小的鹅肠，用一个大大的碟子盛起，把它递到顾客面前。管弦乐齐声合奏，为了表示对这事的感动。一位紫衣姑娘，在一支洋烛旁边读电影理论书籍，读完了又把它放到碟子上，一片一片切开吞下了。汉堡包和热狗由输送带运出来，一个工人拿着钳子，正为它们逐个上紧螺丝钉。意大利粉越拉越长，变成胡子、琴弦、绳子，最后变成放风筝的线，把一枚意大利饼，放上半天去。

我们站在酒家的水族箱前面，指指点点。黄正在说他离开这机构以后的大计。他说有一个歌舞剧团前往新马，想请他一起前往，负责策划事宜。电视的导播邀请他进去编剧。还有几个老细，打算办一份新的晚报，请他主持编务。他离开旧职，自然是明智之举。他满肚子计划，对这个圈子充满信心，认为名利滚滚而来。他举起一只手指，说明某些事实。浅色西装袖口，白色衬衣的袖口纽闪闪发光。我们看了石斑又看龙虾；然后饲食的时间到了，酒家的一个小工，把水族箱里的水放光，然后从挤作一团的海生物那儿，抓出一条蛇和一只乌龟，拔去它们身后的塞子，用气泵给它们打气。看清楚，原来那些虾蟹都是塑胶制品，还有鳝、鲛鱼、青衣和泥鳅，全都在鱼尾那儿有一个塞子。它们在退水后显得扁瘪瘪的，不过经过打气，又再精神饱满。小工再把水族箱注满水，于是那些鱼虾蟹又再在水中游来游去，栩栩如生。

街道的那一端，封起来了。几张桌拼成一张长桌，上面铺上白布，摆上丰富的自助餐。好像是为了庆祝郡主或什么人来港，设下盛宴。衣香鬓影之中，生蚝举行麻包赛，鸡腿二人三足而鱼子酱把自己推铅球。我们隔着宽叶盆栽、灭火筒和警卫，看不清楚，只听见一千只香槟杯子掷到地上的清脆碎声，万层蛋糕的风湿呻吟，洋紫荆像面疱一样到处盛开。

我们在路旁进食，我们在店子里进食，站在柜台前面，坐在光洁的白桌周围，在阁楼，在地下，隔着玻璃眺望宁静的风景，在一副蜂巢马达的嘤嘤声里。我们吐出玻璃和铁钉，咀嚼橡胶，吞下一口又一口美丽的泡沫。周围的布景不断变换，工人锤铁钉的声音，此起彼落；电影投放在墙壁上，失事的汽车破墙而出，碰翻了几桌人，血淋淋的汉堡包从火堆里救出来，又用绷带包裹，放到桌面去。歌舞团的女郎一脚踢熄了绅士的雪茄。乔忽然离开我们走过去跟邻桌一个认识的外国人寒暄。乔站在那边一张红唇的海报旁打电话。乔与马翩翩起舞，一下子跳上墙壁，音乐转快的时候，他们正站在天花板上，倒转身子跟我们招手说："嗨！"

每个人疯狂鼓掌，特备节目开始。在射灯做成的白色圆圈中，司仪介绍参加大食比赛的官员。他们一字排开，彬彬有礼，有些更摸摸邻近桌旁的小孩，显得那么和善。手枪"砰"的一声，哨子尖叫，又有人大喊开始。参加比赛者脱下礼帽，从里面掏出各种模型，有些是学校，有些是高大的建筑物，有些是市场，有些是游乐场，有些是医院，有些是车辆来往秩序井然的通衢大道。他们有人狼吞虎咽，一只手从礼帽里变出模型，

剪纸 ·63·

另一只手就连忙把它塞进口里；有些人却是慢慢的，把它先涂上七彩的颜色——浅黄和浅绿的芥辣、红色的辣酱和甜酱、黑褐色的酱油、白色和暗红色的醋，混成斑斓的颜色；另一些人则是把它们放到火上烤，烧了一会就涂上蜜糖，再把它们放到火里，认真地缓缓旋转，看它们烤成美丽的颜色，表皮上发出红色的光泽，然后像美食家一样，细细咀嚼。

台上台下一起进食，大家陶醉于一种酒酣耳热的气氛。马说："这里的真人表演，倒算新鲜。"黄有了酒意，说话也没有平日那么拘束。他继续说他的计划，说有一只大的牛仔裤公司，可能找他办一份综合刊物，什么时候再找我们一起计划一下。比如乔，是了，说起来！乔上次那篇介绍化妆大师萨治吕顿的专题，不是很精彩吗？把修拉、蒙克、莱热和莫迪利亚尼的画与吕顿古怪化妆方法下的女子并列，既有娱乐性又有艺术性，可惜你们的机关杂志太吝啬彩色篇幅，如果可以多几版彩色，把画作与化妆一起刊出来，不是更好吗？是了，乔怎会懂得那么多外国东西呢？乔笑笑，说黄真好，有什么路数，也不忘记我们。

这时背后的参加者中，有一位在吃一所大厦的时候，吞得太急，正在不断呛咳，他涨红了脸孔，上气不接下气的。主持者连忙唤来救护人员，用担床把他抬走。

马问黄现在辞职后到底暂时做什么呢？人声嘈杂，我没听清楚，只听见他说有人约他写明星稿，叫他写一万字，但他只肯写三四千字，而且他还有条件，只肯写他熟悉和喜欢的，但对方很尊重他，所以随他的意思。是在哪份报刊上发表的？我问。他说每次写了就交给对方，从来不理会刊在哪里。他问起马，上次说有人要找人写球星访问的散稿，后来怎样了？马说已找到人了。是他想写吗？黄摇摇头说不是。不过，他后来补充一句，如果暂时有散稿要写，在其他计划未实现以前，他还有点时间，可以写。马说替他留意一下。乔从蓝色烟盒里拿出一根香烟，黄咔嚓一声擦着火，那边乔自己已点上了。她刚好回过头去跟马说话，没有注意。倒是菊在半途接过这燃着的打火机，拉近自己眼前，闭起一只眼，凝神注视这朵闪烁的火光。她跟黄笑道："是新的'都膨'！"黄耸耸肩接回去，用拇指捺下金黄的盖子，捺熄那朵火焰。

马举起杯来向黄敬酒，祝他的新计划成功。黄一饮而尽；他说不管怎样，离开旧的机构总是好的。他说自己在这圈子里人面很熟，不愁有什么问题，他又想到一个例子：那天去见电视台一位高层的女士，对方问他以前有没有写过广播剧，用什么笔名；当时旁边还有一两位导播，那女士挥一挥手，叫他们出去，让他说出笔名，当他说了，她"哦"的一声，表示绝对没有问题了。他说到"挥一挥手"的时候，甚至做起手势，好像真的一下子把闲杂人等扫开，静待他表露身份。我想他是喝了点酒，所以未免有点夸张。倒是马接口说：那么你就比林幸运得多了。黄有点不满地说：这不是幸运的问题吧。我们都想知道林的近况，连忙追问马他现在究竟怎样了。

马说林离开的两个月，在外围投注站工作过，后来又失业了。说来你们也许不相信，前几天他打电话给我，说目前在庙街摆档替人看相，马说，我问他要不要钱用，他说不用，只是叫我介绍朋友帮衬。这不是真的，马又跟我们开玩笑吧，乔说。不，这是真的，马说，我们什么时候可以去看看他的。可是，黄说，林哪里懂什么看相？他研究过的，马认真地回答，而且当你走到绝路的时候，你什么都会干，林是个"打不死"，他什么粗重工作都做过，每次都捱过来了。

音乐响起的时候乔和马又去了跳舞。这时人流显得零落，音乐也像有点疲倦，有神没气地拖下去。邻桌的外国人结账离去，我呷一口酒，感到没有什么味道，我在想林的遭遇，想他那朴实的脸孔和我们一起工作时埋头苦干的样子。黄喃喃自语，他嘴巴吐出的文字开始失去连贯：一时诅咒马扯谎，说他每隔几个月就自称中了六环彩；一时又回过头去，批评马的舞姿滑稽；一时又说那电视台的女士，怎样挥一挥手；一时又感慨说：真挚的感情不容易被人了解。到了后来，我简直不知他想说些什么。他又举手叫酒。菊替他唤了热茶，哄住了他，又把他推倒的空杯扶起。当马和乔回座，黄无端就说：马，你跳得真难看，好像猴子一样。马没有生气，只是笑道：好吧，轮到你们去跳。乔站在那儿笑着，没有坐下来，我们都以为黄会站起来。可是他只是坐在那儿，说着他过去跳得多好。乔见他没有行动，笑着摇摇头，也坐下来了。黄又说要叫酒，菊劝他不住，忽然提议说：不如我们现在去看林吧，也许可以为他带来一点生意。

走出门外，只见地上一摊摊水渍。想来是下过一场大雨。灯泡暗哑了，一串串斜垂下来，仿如宴会后的项链，随意扔在床上。几张方桌摆在行人道上，弄皱又污秽了的白色桌布绑成一包，里面不知是不是放着肮脏碗碟。黄的步伐踉跄，我和马扶着他，乘车过海。乔似乎也有了酒意，在前座不断与菊说不知非洲人或是爱斯基摩人是用鼻子接吻的。

庙街也没有过去那么热闹了。一大幅黑暗中，这里那里一盏灯，照着一个个围满人的摊子。有人表演神打；硬挺挺挨了十来刀，插满身上，还没有倒下，像一头刺猬那样站在那儿；有人吞了一把长剑，从脚趾那儿把它拔出来；有人让毒蛇咬了一口，全身发黑，一敷过膏药，立即就跳起来，倒咬蛇儿一口，这可轮到它全身发红，头儿一摆，晕死过去了。围观的观众却多半冷酷无情，对人家冒性命危险的表演也不鼓掌，反而冷冷地在那儿寻找破绽。

我们好不容易才找到林，他背靠铁丝网，上身穿一件唐装，沉默地坐在那儿。附近几档看相的点起大光灯，多少有几个顾客。林却只有一盏油灯，面前冷清清。人家的招牌上写着资历，自称什么居士，还剪贴起报上介绍的宣传文字，林却只是老老实实的，在背后的白布上写着"命相研究会"。我们存心扮成顾客，没有跟他寒暄，就逐个坐下来，请他看掌。

要看掌的人坐在小凳上，其他人蹲在旁边。林提起那盏昏黄的油灯，一手握着我们的掌，俯下去看那朦胧的细纹，他的声音低沉，又夹杂着乡音，要全神贯注才可以听见。他的声音有点颤栗，说到一半又掏出香烟，划火柴点上，深深吸一口，掩饰他的紧张。但他是很认真的，他看掌时也兼看相，为我们这群看不清楚出路的人指点迷津，他的手在我的两颊、前额和下颏划过，指出东南西北的方位，好像在替我划十字祝福。他替菊看相时，说到她的眼睛，他说："眼睛是灵魂的窗子……"一个看相的人竟说这么文绉绉的话，我们都禁不住在肚子里暗笑。这时已逐渐有其他人围拢过来，我们做"媒"是成功了。我们每人问完，就把五块钱交给他。正如马说，林很顽强，并

也斯作品

不愿随便接受别人接济，但他帮我们看掌而收钱，那又不同。林认真地看我们的掌，好像因为不好意思与我们直接交谈，所以用指头在那些线上兜圈，说出关于生命和事业，思想和感情，他说出我们的优点，又说出缺点。有时我觉得他好像只是凭与我们同事时的模糊观察，叫我们在心里想反驳他，想说他其实也看得不大准。可是他吸一口烟，战战兢兢地说下去，神色那么认真，我又能说什么。何况，听下去，也未尝没有道理，有时他好像把几个人的性格结合在一个人身上，有时他突出某个人的优点，或者强调了某一面的性格，不过他目的不在讽刺，即使没说准，也是他认识我们，所以多少给一点规劝。他说马雄才大略，可以成一番事业，但小心有风不可驶尽帆；他抚摩黄的掌，说他有毅力，但叫他不要偏执，不要知其不可而为之；他说我过度没有自信，所以做事有点犹豫；至于菊，表面温和，其实个性坚决，到头来恐怕会吃苦头的；他轻轻摇头叹息，当他最后为乔作结论时，握着她单薄的手掌，看着上面又细又密的乱纹，更黯然垂下头去，我们仔细聆听，只听见他说："你要小心！"

到我们离开的时候，围观的人群里面，开始有人坐到小凳上。林今晚的生意，看来有一点起色。夜已深了，马与乔回香港那边，我和菊送黄回家去。乔在上车前，还踢起一只脚，摹仿澳洲土人的舞蹈，这才一溜烟钻进车厢。我们目送他们离去，黄走前一步，走入反映着冷光的潮湿的路中心，菊一把扯他回来，才避过一辆带着咒骂疾驰而过的汽车。我们扶他上车，他已经东歪西倒了。那套浅色的西服，满是皱纹，手肘那儿不知怎的染了一幅油渍。他喃喃自语，多谢我们送他回家，又说将来要搞什么，一定不会忘记我们。我有点不高兴，说我们送他回家，并不是因为这样，他这才住口了。

他在车里已经说要吐，到了家的楼下，他扶着墙壁，更是把刚才所吃的东西，一股脑儿全吐了出来。同屋的人开了门，我们扶他进他住的中间房。房间狭窄，堆满了东西，碰手碰脚的，我们扭开了灯，让他睡在床上。菊出去替他绞了一条热毛巾回来，让他敷上。我瞥见小几上面，放着一本翻开的书，一柄大剪刀硬压着柔和地卷起的书页，发出冷冷的闪光，有一页已经剪破了。一阕词剪了出来：

绝代佳人难得，倾国，花下见无期，一双愁黛远山眉，不忍更思维。

闲掩翠屏金凤，残梦，罗幕画堂空，碧天无路信难通，惆怅旧房栊。

我一下子完全明白过来。我心里开始感到不舒服。黄躺在床上，一声一声呻吟，说灯光刺眼。于是我熄去这黄澄澄的灯光，室内又回复黑暗。在杂物堆成的诡异嶙峋的黑影间，靠着小窗外传来的微弱光芒，依稀辨出人影，房中有一种局促的灰尘的气味。小窗外可以看见街上一辆洗街车缓缓移过，徒劳地把水滴洒向宽敞的街道。黄一声又一声呻吟，我走回来，看不清他的脸，只见几旁的剪刀，在黑暗中冷冷地闪光。他的身体在黑暗中一下晃动，好像是举起手不知想抓什么。菊凑近去看他，她坐在床边，我凝神看清楚，才发觉她瘦削的肩膀，一下一下起伏，她正在饮泣，但却强忍着，不要发出声音来。黄的手抓了个空，又再举起来，他嘴里喃喃的不知叫唤着谁，徒劳地叫着，哀求似的，受伤的野兽似的。菊的身体缓缓凑过去。他又吐了，一定是全吐在她身上。她没有避开，完全承受了，手抱着他的头，轻轻抚着他的后脑、他的肩背。我的眼眶忽然感到一阵温热。一晚芜乱的心情到此静定下来，收敛了讽刺，代之而起的是悲哀。我悄悄地退出来……

剪纸

六

日子一天一天过去，瑶，对于你的事情，我好像知道，又好像不知道。我不知怎样才可以帮你。我是这么愚笨，又无能为力。

就像那天，我来到你家，忽然看见有人冲下楼梯。起先我以为是大姊，奇怪她干嘛扭转头避开我。后来还是你某些独有的神态出卖了你，我连忙拉住你。只见你穿上大姊宽宽的黑大衣，拿了她盛学生作业簿的提袋，又穿上她的平底鞋，她的脚比你的大，显然不适合你，所以你走起来，有点蹩脚，也是这使我认出你来吧。但你反而凶恶地推开我，说："我要上学了！"我说："瑶，你做什么？"你说："不要理我的病，我可以支持的。不要缠我！"你是这么凶，态度这么坚决，有一阵子，我真不知发生了什么事。幸而这时你母亲发觉你偷走了，追出来，我们才一起把你拉回楼上去。鞋子在挣扎时掉了。你还是仰起头，拨开我们。你不住说："总有人要负责的是不是？个人的病小事，学生要紧。"

也斯作品

你母亲抱着你，用一条湿毛巾，替你抹面。你还在说肝病并不要紧。你闭上眼睛，额角都是汗了，好像正在忍受极大的痛苦，我还在跟你讲道理说有病当然要休息。说着，突然想起来：你并没有肝病呀！你也没有再教书了！我看着你，我相信你的痛苦是真实的，到底是怎么一回事？

　　又比如那一次，你安静地在母亲身旁坐下，学她的样子，拿起针线串珠。你跟她的姿势有点像，只是迟缓一点，鸟儿缓飞过哑色的谷粒。你的眼睛凝神看着珠子，有时也喃喃发出声音，就像她一样。你母亲有时用手掠掠头发，你也掠掠头发。你仿佛完全在摹仿她的姿势，只是，串着，串着，你的手像坏了不能停止的机器，像唱臂在同样的唱片沟纹上反复旋转，你的黑线末端淤积了好几寸长的彩色珠子，却没有织到线架上去。你母亲按着你的手叫你停止，接过你的针线。而就在这时，你空出来的手突然一挥，像机器的反弹，一下子拍翻了几个盛着珠子的白纸皮盒，沙的一声，几种颜色散了一地。在灰色的地上，无数宝蓝色和暗棕色的小点，混杂着墨绿和朱红。你母亲生气了，说："你做什么？"但她还是忍住没有骂你，只是把你扶过那边让你休息。我蹲下来，捡拾一点一点的墨绿朱红。抬起头，我看见你坐在那边，在母亲的照料下，茫然望着前方，好像什么也没发生过。这些事情，你还记得吗？

剪纸

你垂下头，不回答我。你没有听我说话。你只是专心低头剪纸。这几个月下来，你的剪纸也跟以前不同了，起先你剪葫芦和金钱、蝙蝠和水仙，后来你剪古代戏曲里的人物，那些不知是什么的脸谱，然后你的剪纸开始固定成一个简略的人形，面貌轮廓都看不清楚，仿佛只是一个个符号。你重复剪着同样的符号。我看着这些单调的符号，不明白它们的意义，而你向内心退缩，也不要向我们表达什么。我问你："这是什么？"你垂下头，不回答我。你沉迷于剪纸的狂热中，甚至不打画稿，不用彩纸，你抓到杂志和纸张，甚至小弟的练习簿，就在它们上面锵出你要的形象。你抓起一张报纸。不看它们上面记载着什么每日变化的现实生活，只管把它们锵成你心中固定的一个人形。你不再剪出美丽的图画，在你周围，现在堆满废纸，你双手染满油墨的污渍，只是反复锵出固执划一的呆板图案。

　　这一切不知从什么时候开始？我也说不清是哪一天开始。事情是逐点逐点变化的。几个月前有一天，我第一次感到有点不寻常。那天我来到你们家里，看见你面前有一份撕得粉碎的青年杂志，我问是什么事？大姊笑着说有人带了这份杂志来，你们看到其中一篇谈性的文章，觉得它态度轻浮，愈说愈气，你生气起来把整份杂志撕碎了。你说起来犹有得色，但我忽然注意到，你说话时一只手还在轻轻颤栗，我心里就有点不舒服。

你没有去看整个社会的问题，反而在这里单独对一个例子孤军作战，而又以它为敌，在自己心中淤积了无限愤怨。我看着你颤栗的手，就希望可以做点什么，令它不再这样无谓受到骚扰。

过了几天，正在你家里听粤曲，一边有一句没一句的谈话，我忽然想到，就跟你们抬杠说，霍小玉虽然好，可是照剧里看来，她和李益之间只是误会，她不应该没弄清楚真相就怨他负心，又在一个陌生人面前把这些事说出来，怨什么"匹夫变性"，这似乎有点过分了。呀！我话刚说完，你啪一声关了唱机，不容我有讨论余地，恶狠狠地瞪我一眼，说："你是不是诚心听？不是诚心就不要听！"

两天后你忘了这事，给我冲来一杯茶，这突然的行为叫我感激。你坐在我们身旁，笑着，手捧着杯子喝茶。你专心望着大姊，听她说《马路天使》如何精彩，一边点头。你看来又再是个年轻单纯的妹妹。大姊正用她的古老铅笔刨刨铅笔，当那老爷铅笔刨发出刮刮怪叫时，我们都不约而同笑起来。我喜欢那电影的是它的细节，例如房间里用旧报纸当墙纸，是自然的生活小节，但当主角在报上找寻文字时，那亦变成对当时时局一个微妙的暗示。我们说那电影如何朴实优美，说得兴起，我和大姊站起来为你表演小巷一场人物走位的潇洒流畅，你开怀大笑，那时我以为烦恼都一扫而空，事情会好转起来了。

谁又会料到，没多久，就在你重新开始剪纸不久，就发生了那次撕画的事。我想你母亲也吃惊了。她本来不过是拿碗汤过来给你喝，溅到纸上的汤也不过一两滴罢了。所以当我在旁边看见你霍地站起来把差不多镂好的剪纸一把撕掉，我也吓得说不出话来了。我觉得这猛烈的一面不像你，或者我一直不愿意承认你有这一面吧。或者这与我自己的个性有关，我做事的方法是缓慢笨拙的，做得不好仍然照原来方法改好为止，你却是比较灵敏变化，觉得不满意就撕了，改变主意去做另一样。你做的东西，再好也好，你觉得有点瑕疵，就立即不留情地撕去。我最先发现你这一面，只是觉得惊奇，没有说是不对。因为我是个没有什么信心的人，不大能肯定自己对，也不晓得怎样去判断别人错。我也很尊重你那种求全的决心，所以我又想，如果我说不对，你改变了，那会不会是等于叫你迁就，失去了你那种要求完美的好处呢？也许还是你对吧。只是那一次，看着那张剪纸，我是数日来一直在旁边看它刻成的，那是一张精巧的人物的剪纸，你用了许多心机在衣服鞋子上面，在你工作的时候，我们一边谈话、听歌，这些无形的东西，我觉得，好像都进入了画里面了。然后，突然的，你觉得它有了瑕疵。就我看来，几滴汤抹干了就没事了，但你觉得有了缺憾，没看清楚，就站起来，没顾你母亲，也没看我，断然把它撕掉，撕成片片。我看着那些碎片，只感到很大的浪费，感到事情有点不妥……

然后你渐渐离开我愈来愈远，有时我好像认不出你来了。那天当你大姊叫你帮忙扶爸爸去看医生，你突然粗声说："不行！我要开会！"你开什么会呢？转眼间你换了一件蓝布长衫出来，围了一条白围巾，你站在窗前，神气地把白围巾往后一兜。你大姊问："瑶，你不怕热？"你瞪着她，说："我的名字不是瑶。"你喃喃地说什么要到海边去，夹着两本书走了。我们在背后呆呆地看着你瘦削单薄的背影。

有时，你又突然变成另一种完全相反的人。比如那一次，在惠兰和高的婚礼之后，你居然开口跟我谈话，甚至和过去不同，你说到一些比较实际的问题，比如你说觉得女孩子还是早点找个归宿的好，问我是不是？你的口气就像惠兰一样，把我吓了一跳，这一点也不像你。我期期艾艾，不知该怎样回答。你却突然说要结婚了，说正在缝制一套古装礼服。婚礼就定在下星期，晚上在汉宫摆酒，到时你一定要赏脸呀。你忽然说出这些一点也不像你说的客套话，教我毛骨悚然。你话里的事，我更没法相信。你说着，一边还从抽屉里摸出一张红帖来，交给我。我打开一看，那不过是惠兰和高的旧帖罢了。换了是别人，我想这一定是开玩笑，但你那么认真地望着我，又好像根本没有望着我，我忽然感到一阵恐惧。

后来就是赶入沙田那回。我按照你压在台面一角字条上写的唐的地址寻去。那在以前华住的地方附近。我去到那儿，才发觉华的房子不在了。因为建设新的马场，沿路翻起泥土，黄尘夹着沙粒，扑扑吹向人的脸孔。我终于看到你，坐在一道废弃的石级上，面对一个空芜的地盘，背后是一所旧屋，屋前贴着一对春联。在你旁边，有一个穿运动衫的青年，正跟你搭讪，他的样子看来有点邋遢。你这样一个一尘不染的人，就这样坐在尘埃里。你一副柔弱的样子，我找到你自然就带你回家。当你站起来，我留意你穿了宽身的衣服。你在车上说想吐，后来你更打开随身带着的袋子，从里面拿出一件未织好的浅黄色毛衣，在车子的颠簸中，你生涩地舞动织针低头编织，自然更易晕眩了。我叫你不要做，你不听。才不过是夏末秋初，你摹仿一个在车上编织的平凡妇女，却在不适合的季节和时间。后来我看见那是一件婴儿衣服。我想你是存心拿出来让人看的。因为你没多久就告诉我，孩子要在冬天出世。什么孩子？我糊涂了。你有了孩子？很奇怪，我突然愤怒起来。对唐，对刚才那邋遢的青年，或是对那我未见过面的孩子父亲。我真生气你这样不懂照顾自己。但你依旧低头编织，好像很满足。回到家里，你更是少有的安静，说："我要休息了。"便爬到床上去。你母亲俯过身去替你弄好枕头，从你的外衣下抽出一个布娃娃，我这才发觉，你的孩子，只是一个用破布缝成的玩具娃娃。

所以当惠兰紧张地打电话告诉我说：你向她问起打胎的事，又说你犹豫不决，一时不想把孩子养下来，一时又说会好好地养大这孩子，把全副精神放在他身上。我不知该怎样告诉她，说这只是你私人的戏剧、青春的幻想。婚后刚刚怀孕的惠兰，并不知道你的孩子是个布娃娃。

然后你又总是默默地锞着纸，剪着纸，就像现在这样，默默地不作一声。由早上到下午，又由下午到深夜。你的家人在旁边，经过这几个月，他们逐渐接受这事实了。那次你父亲在盛怒中，高声冲着你的脸孔斥骂，好像想唤醒你，他还举起手来一巴掴在你脸上。但我想他过后也后悔了。只是他是个骄傲的人，不会向你道歉，也就益发沉默。他默默地坐在那儿，有时我偷眼看他，看见他合起脱光了牙的嘴巴，唇边点点白色的胡子茬儿，像是咪着嘴慈祥地微笑。看清楚才见他不是微笑，是担忧。你母亲一直在你身旁照顾你。还有你大姊，她没有说什么，照样拉你到外面去玩，不让你沉于哀伤。有时她默默拥你入怀，用胖胖的手掌抚着你的背。有时她站在你背后，用手替你按摩颈背和双肩，一边问："好点吗？"好像你只是疲倦或背痛，不久就会痊愈的。你的小弟，什么也不懂，起先嚷着：

"二姊，二姊，你做什么？"拉着你的臂，像要把你唤回来。但现在他也不说话了，安静地坐在一旁做功课，好像因为这些变化，他也变得懂事起来。那一回，当你拉着他的手说要去乘火车，他就乖乖的任你牵着，没有反驳。你换了一套炭棕色唐装衣裤，坐在床沿，把衣物放进一个藤箧里去。你不住说你要乘火车到香港去，你要乘火车到香港去，好像这儿不是香港一样。你说："九时半有一班火车。"你拿起几头笨重的黑色时钟看时间，顺手嘎嘎地给它上链，你说还有两小时，计算还有多久就动程。你带着一种强作成熟的语气，琐琐说着这些事，你说："申请了五六年了！"然后又打开藤箧，再检查一次里面的东西。

　　下一次在惠兰家里见到你，你却又是另一副样子。我正在跟高闲谈，一边陪惠兰的小妹妹玩洋娃娃换衣服的游戏。我正在替她给剪贴册中的各款衣服涂上颜色，然后剪下给公主更换。我看见你和惠兰进来，几乎不相信我的眼睛。你穿了一袭长裙，涂了口红，戴一顶不大适合你面型的黑帽子，手里抱着一大包从松板屋买回来的东西，正在谈电视剧中雷茵谋杀邵华山的一幕。我停了下来，小妹妹推我，叫我快点剪，我给公主贴上一袭衣服，她不满意；换上另一袭，她也不满意，只好又再换另一袭。可是我心不在焉，觉得你好像笑得太响亮，好像正在扮演戏中角色，随时会忽然扔下一切，说不要再玩了。但你并没有，你一直玩到终场，开开心心跟我们告别。你看来那么正常。倒是我心中充满疑惑，一句话也说不上来，还剪破了衣服，累得小妹妹在那里抱怨。

很奇怪，当你变得那么正常，我又觉得不真实。你的角色都维持不久。像今天，你又在这里埋头剪纸了。已经有整个下午，破碎的报纸堆满你脚旁，有些撕开一条条，有些就剪成巨大的人形符号。桌上堆满废纸屑，脱色的油墨染污了白纸。而当你周围这一叠报纸都剪碎了，我看见你随手拿起桌头一本画册，摊开它，就在那些彩色的木刻版画上锒出一个人形。尖利的刀锋划过那拿着蒲公英的女孩的脸孔，划破了画页。你不是在创作剪纸，你是在破坏了。我连忙走过去，按着你的手，说："这是你喜欢的画册呀！"

你一手推开我。手中的锒刀在我手背划下一道深痕！你说："你们只是关心物质，有关心过我吗？"

你竟然说出这样的话？如果我不是关心你，干嘛每天来看你？这样为你担心，当你失踪了又要走远路去找你，难道只是为了让你这样叱骂？我劝你，难道不是为你好吗？你强顽地说：你的生活，你的感情，并不要我干涉。

我真是很生气，手背的伤痕上，血沁出来了，带着一种难耐的刺痛，所以我骂你简直是不讲理的，简直是偏执狂、自我中心，简直是浪费了人家对你的好意，简直是……我一边生气地咆哮，突然发觉不妥，连忙停嘴。本来是我自愿做的事现在好像说成是一种好意，做了一点事被人误解就变得辛酸，我也在计较了，我感到一阵羞愧，连忙停了嘴。

伤口仍在隐隐作痛。感到被人剖开了表皮，像是直接接触到外面一些冰冷或灼热的东西。而就在这时，我忽然想起，你刚才是近来这段时间中第一次真正跟我说话，不是在扮演角色，而是在盛怒中想把想法告诉我。想法即使偏执，也是你心里的想法。我停了嘴，等待着，我希望再听见你的反驳，听见你愤怒的咆哮，我的伤口敞开……

但是你沉默了，我看看你的脸容变化，又变回那客气而疏远的距离。你从突然爆发的极端，荡回沉默的极端。你若无其事地继续锣纸。你不会再伤害人，但你也不会再说自己了。我笨拙地说："瑶，你怎样了？"

过了一会，你抬起头，好像并不是回答我的问题："瑶？我不是瑶！"

锣破了的画页又跌到地上去，不同角色的破碎的脸孔和身躯散满你的脚旁。

七

一只暗绿色的螃蟹缓缓爬到缸口，举起螯，像要爬到缸外去，它徒劳地左右晃动笨重的身躯。穿着白色背心的中年汉子随手抓起旁边的圆形草席盖子，噗一声盖下去，让它坠回缸中无声的绿色蟹群中。那汉子手中还拿着另一只蟹，它一只螯绑住，另一只微微撑开，他把咸水草多绕几圈，把它绑紧了，然后扔到另一边，那儿已有许多绑起来的大闸蟹。

他又揭开盖子，从缸里抓出一只蟹来。也不晓得是不是刚才想爬出缸口那只。他拿一根咸水草，开始绕着它的身躯把它绑起，蟹爪无力地动了动，没有再挣扎。

黄的交涉不知怎样了？我站在那娱乐杂志社楼下等他，一边无聊地看着楼梯口的螃蟹。已经是秋凉的天气，一阵凉风吹过来，我不禁走进梯口等候。但走近了，就闻到一股死蟹的气味，又使我退出来。

我在附近的报摊买了份晚报，浏览一眼标题，翻了翻。黄从阴暗的梯口出来，身上一件绿色的猎装显得宽了，看来好像瘦了点。他激动地说："我骂了那老板一顿。"

我问："你的钱讨到吗？"

"你的封面稿费，"他说，"过两天才有。"

"我是说，你的薪金怎样？"

"只讨到部分……"他说，"做了三个月只讨到一个月。所以我大骂他一顿。当我廉价劳工吗？我警告他……我知道这些人是这样的，你要跟他们斗凶。骂了他，下个星期就可以有钱了。"

他好像很肯定的样子。我说："那你现在有没有问题，如果……"

他打断我的话："不成问题！我还有其他收入。"

他又说："你的稿费，真不好意思。过几天再打电话给你。"

"你有空吗？去喝杯茶。"我心里想着怎样跟他谈谈乔的事。

他说："我有个约会。"他举起蟹绿色的衣袖，露出瘦削的手腕。他忘了戴表。问了我时间，他说："好吧，坐一会。"

我想跟他谈谈。但对着他又不知从何说起。他瘦了，眼睛带着一种热病的狂态。他看来有点弱，我不想伤害他的自尊心，不想就这样告诉他我已知道他的事。我只好说着认识的人，说着近期看过的一部外国片，从那里说开去，说到自然的感情和牵强的感情。

也斯作品

"感情的事，局外人很难明白⋯⋯"本来说着《柔肤》，不知怎的他已经说到自己的一份感情去了。他没有明白说出名字，但我可以听出来，他并不是概括地说对感情的看法，而是实有所指。他的爱慕和忖测，微弱的希望和可能的失望，有一个具体的对象在那里。我担忧他在心中塑的是幻象，恐怕这段迷恋到头来没有结果，因为他们距离太远，又没有真实的接触。"感情，还是顺其自然的好，"我说。但他时时表现出一种顽强的自信，使我动摇，觉得他好像未尝没有理由，他真是诚恳的，坚持下去，也许会超越通俗的看法，真能有好的结果。他保证表面的距离没有关系，他有信心去克服它，他觉得爱情最重要是欣赏和了解，他想自己有这种能力。但也得要对方欣赏和了解呀，我说。他皱起眉头，摇了摇头，好像这些问题不消说自然会解决的。他表示有恒心和毅力，即使表面两人性格不同，只会令他更好地去爱和补足对方。我可以感到他瘦削的胸间正在孕育一份巨大的爱。我顺他口气，温和地加以劝阻："但感情也要一步步自然发展才好！"这样说不啻承认他们有感情。但我就像要阻止急流冲下的小舟，有时不得不顺着水势。

　　他摇着头，面色阴霾，仿佛轻易受到伤害。我只好转换话题。我说早两日与林喝茶的事。我告诉他林又换了工，现在在建筑地盘工作，收入比较固定，看来下一年的生活没问题了。

林这次又捱过来了。我记得他告诉我说，初来十里洋场的香港，在茶餐厅里，见到牌子上的"咖啡或茶"，冒充内行地向伙计要"或茶"，林告诉我们的时候，带着一份自嘲，说自己是大乡里进城。一次又一次的，他在这城市活下来了。我指着茶杯，怀念老实地说起要"或茶"的林，然而我发觉，黄并不在听，他没有理会我，也没有理会他自己，他的眼睛望向高处，他伸手不能触及的一盆盆栽，或者一株美好的小树。他好像梦呓地说到一个温柔敏感纤弱的形象，他愿意一生灌溉，我可以感到他的感情澎湃，小舟冲脱我的牵拉，越去越远，急急顺流而下，仿佛要撞向礁石，冲向悬崖。我无力地在背后呼喊："你凡事要看清楚，不要鲁莽呀！"

但我，我大概也被带动了，所以下次乔把又一段剪下的诗词给我看，我手里握着这张纸，几乎想为黄说一点什么。

似花还似非花，也无人惜从教坠。抛家傍路，思量却是，无情有思。萦损柔肠，困酣娇眼。欲开还闭。梦随风万里，寻郎去处，又还被莺呼起。

当乔继续说到别的事，比方英文部的罗渣借了本摄影集给她看，（"大卫咸美顿？"我不以为然地摇摇头。）我还没有放下它。不知为什么。（"这个人的摄影不是那么差呀！"）也许因为黄剪的诗逐渐有点不同，也许因为我知道更多他的感情，所以隐约感到一点文字的线索。当然，乔仍然觉得这很遥远。（那不是我呵！）但我又好像感到一点什么，所以不愿就这样放下纸，说文字是徒劳的。我想为它引申阐释。我举她熟悉的媒介为例。我从罗渣华丁的《吸血女僵尸》那个深夜穿着白衣在水边踽踽独行的孤弱少女（"可是，我没看过这电影呀！"）说到路易布努埃尔的《朦胧的欲望》里的孔奇塔（"看过，这我看过！"）。我想我解释得不大好，这种联想只比较了其中一面。我只说了孔奇塔这位西班牙少女孤弱、漂泊、变幻的一面，而对故事里其他部分，例如作为叙述者的法国人的顽固的占有欲，导演用两个女演员来演同一角色的意义，以及整部电影的政治的弦外之音，因为不适合目前的例子，所以都略而不提了。（唉，我以为自己在写影评吗？）我想说的是那少女那种纯洁与世故的混合，那种弱质无依又倔强独立的矛盾，那种使男性又担心又迷惑，又恐惧又犹豫的，模糊的情欲的对象。我只是随手拿一部刚看过的电影举例，不，不，我不是特别喜欢那女子，我可能说不清楚，就这样说她性格是什么，没有分辨说清楚那是叙述者主观的看法，抑或是她本身处事亦有过分的地方，这

剪纸

样说其实是不大恰当的（唉，我以为自己是在写影评吗？），或许我们每个人看事就是取自己印象最深的部分吧。我不大清楚，我的阐释使那词的意思更可感，还是更难解？那边有人说："乔，三号线。"谈话就告一段落了。我发觉自己手里还握着那张纸。

每隔几星期见到黄，我都看见他陷得更深一点。朋友跟他说什么都没有用了。他静静的，好像有一种无声的火在那里燃烧，他在那里耐心等候发出的讯息会得到回报，他端坐沉思，希望自己做得更好，希望自己更宽大。就像现在，他沉默着，但并不是在听我说话，而是在想什么，好像在笑，好像在想望，也许在想那他一日里可能想过无数回的什么。然后，他说话了，片段的，叫人摸不着脑袋的，由这里跳到那里，然后，突然的，好像无意的，他会提到乔的名字。你可以见到，光是提到这名字给予他多大的快乐，他的眼睛亮起来，说话结巴了，不理你的打岔，他又回到那儿。一些生活的细节，一些闲谈的片段，于他都成为珍宝，反复摩挲。那名字的主人，当他有意无意地提到，偷偷地，不让人知道又想人知道地提到时，变成矜贵的光彩的形象，那带着爱观察的，用浓密的情意解释的，所有日常行为，即使最寻常的姿势，都看成了善和美的表现。一件暗红格子的衬衫，一件灰色的衬衫，不是实用的衣物，而是变成珍重的颜色，是每日千百次回到那上面的系念。就像所有迷恋的人，思念变成一种仪式，一种混合了痛切和甜蜜、自我贬抑和自我提升的节奏。桌上喝剩的半杯水、桃子的芬芳、一个竹篮、一张随手画就的素描、一部大伙儿同看的欧洲电影、一句无心的好话，都一定许多个晚上在他脑中反复辗转，成为他每日温习的功课，使他刺痛又变成他赖以生活下去的原动力。我听着，听着那些断续的、暧昧的，听着那些没有说出来的话，逐渐的，我不忍心打岔了，我在那些好像无理的联想和答话中一点点地感到了那汹涌的感情。我坐在那里，听着，任他有意无意地提到一大堆朋友的名字后偷偷提到那名字，那个他一定在无人的时候重复过千百次的名字。我不忍打岔，不忍剥夺他唯一的快乐。起先，在谈话的时候，在说到她的时候，我说的是那个我们日常见面的人，在他口中，却逐渐变成完美的形象，我说她工作做得很好，而他则说到善良和纯真了。他开始去图书馆借画册，他设法进入那世界去了解她，他努力从自己狭隘的圈子出来，观看超乎自我以外的事物，那些五光十色的颜彩答允了一个希望，那些异国情调的幻影是他超越这粗陋现实的途径。

那些颜色和幻影呵。我抹干净玻璃桌面的水渍。长发飘扬像水中散开的水草，一根根纤长的指头。乔把一张幻灯片放在我的工作台上，又捺开下面的白灯。什么幻灯片？我问。硬纸皮框着黑色的一小片，放到灯箱上像墨在手中溶化出颜色来。路易斯摩利斯？我问。摇头。她又放下另一张，森法兰西斯？又一张，杰信普勒？摇头，摇头。又一张。法兰克史提拉？摇头。讨厌鬼罗渣留下来的好差使，我说，他这样说放大假就溜掉，替他编版的工作就落到我们头上，居然连话也没跟我交代一句，十版，一句话也没说，我喃喃自语在那里咒他。他前天晚上倒是打过电话给我，乔说，叫我帮你弄妥，他回来请我们喝茶。我不稀罕他请喝茶，我说，只要他每星期交来做封底的哥伦布探长什么的底片大张一点，不要让楼下影房那个德国主管每次拿着做妥的封底摇头说什么底片太小放不出来的找我麻烦就好了。而这时那边那位慢动作的印度记者，就像巨轮一样泊近我桌旁下锚卸货，一大堆字稿哗啦哗啦落在桌面上，他眉开眼笑，指手画脚表示任务完毕，拉响汽笛又再开行，转回那边，锁上抽屉，又转弯，慢慢驶向大门，他身旁掉下的纸屑，卷入船尾旋涡的水纹。在桌面这叠字稿中，我找到那位现居香港的外国艺评家对这画会展览的评介短文，他沿用夏劳卢辛堡和克莱曼格连堡评论五六十年代纽约艺术家的语气和词汇，描述这一群香港艺术家的视野。我从信封里抽出白纸，却是片段的中文诗：

> 你以双翼，以现代的悲哀蛊惑我
>
> 当恋爱只属于那五月抽搐的嘴唇
>
> 你是那卷起的——孩子们眼中的永恒
>
> 记住你黄昏的转折，你的影
>
> 你的影在红红的树干上

　　噢，那是我今天收到的，乔说。她本来放在桌上给我看，却混到那叠字稿里去了。那红红的影子。我们再回到那些幻灯片上面。雾霭的旋涡、爆发的峡谷、分崩离析的山脉、倒错破碎的风景、喷射、狂乱、旋舞、嘶哑的呐喊，不成说话的断句、盲动带来的疲倦，挂满装饰的空虚，然后，逐渐的，破碎，再破碎，哑默了，空白了，走回小室，疲累的，抹去背后的历史，只剩下自照的镜子，纯粹的颜色，数学般准确的图案，逃离了那芜乱的声音、重浊的呼吸、手肘的挤迫、人的脏乱，到达一个清洁的寸草不生的境地，美丽诡异的纯粹，我们仰望，那影子中的影子，颜色中的颜色。乔称赞这张画，她又称赞那张，她喜欢颜色，（好像法兰根海拉一样！）她喜欢那种——现代的感觉。怎么没有人呢？我问。她俯下头，长发垂入玻璃的

剪纸

剪纸

湖水中，窥进那些底片里去，她的手指拨开它们，像蝴蝶的翅膀。这里，她说，有一张人像，我接过来，在那狭窄的画面上，可以隐约看见人影。左面的像是一个妇人，她身上交叉的花纹像是一条猥带的痕迹。那她是个猥着孩子的中国妇人了？但是，那花纹也可能只是衣饰，一切都很隐约模糊，眉眼没有任何特征，粉红的影子，装饰性的纤美。快点，让我们把它们排起来吧，乔说。我抽出画版纸，平铺在桌面上，量度字稿的尺寸。乔把标题递给我，至于那些画，最好全部都用，她说，不然会有人不高兴的。还有不要让谁的画放得比谁的大，是不是，我说。乔笑起来。那还不容易，我说，我们就像切豆腐那样一块块一般大小的平排在那里不就公平了？乔又笑起来，啪啪啪啪的硬卡纸嵌着的幻灯片掉了一桌。

又一次，我和黄走向那爿茶室。那份娱乐杂志已经关门了，黄始终没有追回他的薪金。螃蟹已经不在了。我走过时就想到它们怎样紧扎不动，怎样有几只还是不住冒出一串小小水泡，像一串小小的虚幻的玻璃果子，然后又破碎了。黄仍然穿一件黄绿的衣服。但他不是螃蟹，他越过它们原在的位置，举起臂，拨拨头发，他仍然在挣扎。

近月来，逐渐的，我看到黄的变化。他的衣服没有那么整

也斯作品

洁，他的上唇和下巴残留着胡须的渣子。我想他精神不好，我见他吞服药丸，但他什么也没说，他没有夸张，或者他没有能力说出：他的痛苦。我想他整个人也陆续有了很大的转变。最先认识他的时候，我有时不大喜欢他，觉得他有点装腔作势，我有时看他，也会带点讽刺，但知道了这件事，又单独与他接触多了以后，虽然我不能说同意他做的事，逐渐的，却可以比较真实地感觉到他。在这多个月（也许更早，也许已有一年多）的迷恋之后，由于他的沉迷，由于他的苦思默想，由于他在焦虑中的反省，慢慢的，一个比较弱，但亦比较诚恳的黄好像想挣扎出来了，超乎他所阅读的报刊专栏杂文对感情的意见，他面对一样巨大无法把握的东西，设法去了解它，走向它，但他还没有那样的能力。他看来更柔弱了，眼睛没法注视别人的眼睛，他有点敏感，有点警觉，对自己非常没有信心。那侵略性的一面粉碎了，粉饰的言辞和行动收敛了，只有垂下头突然睁开眼睛，从下面瞪着人，警戒的，过一会又放弃地移开了视线。我知道他离职后跟乔喝过一次茶（也许和菊一起），他屡次提起这事，好像是他最珍贵的记忆，但最近这几个月，他先后约过她两三次，都被她拒绝了。这样的事他现在也不向我掩饰了。是不是我做错了什么呢？他问，是不是我做错了什么呢？他说有一次乔和菊去喝茶，他知道了也去，坐下没多久乔打个电话回来就说有事先走了。是不是她对我有什么误会呢？是不是有人说了什么闲话呢？他紧紧地捏着杯子，好像怕失去了它似的。我说你不要敏感，乔就是这么忙碌，何况她并不知你的感情。他没有听我，只是说：会不会是我说错了话，你知我说话最不小心了。他不断检讨自己，用最严苛的标准来怪责自己，他喃喃自语道歉，连不一定是他错的事也怪自己。他心里有极大的恐惧，恐惧失去她，这对他来说是不可想象的事，他恐惧没法接触到她，恐惧没有机会把他对她的无条件的爱、一种他所能奉献的最崇高的理想，献给她。而他最恐惧的，是她会误会他、讨厌他、避开他。他为此不断挑剔自己，怪责自己，他用头碰旁边的墙壁，好像语文失了效，只能用暴力表现出来。过度的自我卑抑以后，他会感到无限委屈，好像在怜惜自己，眼泪涌上他的眼眶，在镜框后潮湿发光了，然后他趁我不在意的时候，偷偷抹去它。我假装低头喝茶，用手抹去桌面的茶渍。他心里一定很乱，有时他觉得自己为对方做了许多，但一切都浪费了，没有结果。有时他焦虑了，开始怀疑她，怀疑他的理想，有时他会觉得她无情，有时他提到日常的例子，感到他被歧视，无端妒忌起来，他真正愤怒了。然后过了一会，他又带着无限的忍抑，把这一切压下去，谦卑地，希望自己做得更好，努力不要心胸狭隘，设法自己开解怀疑，保护那美好的形象不受玷污，重新建立他的信仰。

　　那样的感情呵。可是黄，我该不该告诉你，你又知道不知
道呢，关于别的感情。比如说，菊。就在昨天，我和菊，上膳
堂吃午饭。本来叫马一起去的，菊说："马今天佳人有约。"我
回头一看，他果然全副武装，不但全套蓝色西装，红色领带，
还在左边口袋露出一方丝帕。他向我们扬扬手，神气地走向大
门。菊把杂志上的照片给我看，一个电视新人，目前在长篇剧
集里演大家庭里的小女。熊把头伸进来，无限羡慕，说到身段
什么的。菊和我交换眼色，借故走开去。乔在后面叫我们等等
她，还未走到大门，熊在后面喊菊："马的电话！"乔碰到那位
印度记者，正在说笑。菊走回来时说："马今天要失望了。那位
艺员刚来电话说临时有事不能赴宴。"我们不禁笑起来，走上膳
堂时，乔从后面赶上楼梯，说："真长气，我真怕了他。"我猜
她指的是那记者。喝汤的时候，菊有点沉默，倒是乔在说去了
看英文版报道的那个画展。菊把面包撕了一角，涂了牛油，拿
起来想吃，又放下了。乔说到罗渣从伦敦度假回来打电话多谢
她，"也多谢你。"她说。她说到红红绿绿的鸟儿，像她家中那
些，在酒会的一角，她说的酒会，不知是画展的酒会还是私人
派对。她说到湖泊和高原，还有一个骑在马背冲下来的人的威

风，不知是照片还是旅行所见。她说到红红的落日，我还以为是画展中的一张画，后来才发觉是看完画展后坐在沙滩上看到的，有一个外国人走过来搭讪，问她是不是也是游客，问她的名字，乔说："在这些情况下，我总是不把真名告诉他们，胡乱编一个名字算数。"她又说："有一次后来有人打电话来我家里，要找那个 babysitter 呢！"她笑起来，对这个恶作剧觉得挺开心。菊放下刀叉，说："你倒是把电话号码给了他们。"乔沉默下来，我不知她是不是感到了菊话里的批评。

又一次我走向黄，想着他近几个星期来电话中的焦虑不安。因为他用尽方法也没法接触他爱的人，他活在自我怀疑里，好像他整个人的价值观念逐渐瓦解，而他又还未有能力建立新的。我走前去，看见他站在街角，佝偻着身，好像在大风里弯起肩背尽力保护胸前一把火焰，不让它熄灭，而他孤弱一个人又是这么无能为力。我走近他，他回过头来，没有预想中的狂乱，爱情使他压下心中的暴烈把愤慨化成温和，在这迷乱里偶然也有比较平静的时刻，比方现在，当他告诉我，进电视台当编剧，他对创作仍有希望，他语气平静，没有以前的夸张，准备好好工作。微风吹动，有点寒意，当我们走前去，风吹纸屑，环绕我们脚跟飞舞，而黄暂时是平静的。他不擅说及自己，他说的是对方的好处，对于对方的忧虑，我想到昨天乔拿给我看的信

也斯作品

封，里面新剪下的诗：

　　　　长堤
　　　　　　狭道
　　　　风吹
　　　　　　秋草
　　　　爱人呵
　　　　　　莫过
　　　　草长
　　　　　　露多

　　就这样收到这一首诗，对乔来说是没有意义的。但当我知道黄种种复杂的忧虑，我又似乎隐约可以了解，可以在没有关联的地方看出关联。比方现在，当黄把自己没法与乔接触的委屈放过一旁，全心不计较地去爱，赞美她的善良，忧虑她的孤弱，希望有机会让他去扶助她。在这样的时候，当风吹着，当我们漫步走前去，当黄显得那么平静善良，一切好像都会好转，一切好像都有希望了。爱是好的。不过，慢着，我说到爱，但事实上这不是一段完全的爱情呵。我突然发觉，自从我发现了黄的秘密，我是逐渐同情他，从他的角度去看了。但是，还有

剪纸

乔的感受呢?

　　电车向西行驶，慢慢摇着，外面又下雨了。刚才经过铜锣湾的时候，乔说:"下雨，我等雨停了再下车吧。"等雨停了，她说:"不，这样坐很舒服，再坐一会。"她没下车，现在，雨又落下来了。她用手指随雨滴在窗外流下的弧线划下去，我想起童年时自己一个人也常常坐在窗旁看雨，用手指去感觉玻璃窗的寒冷，也许也这样，随着一滴雨划下去。乔在说水，落下来的雨水、一个玻璃杯里盛着的水、尼亚加拉瀑布冲激的水、罗马喷泉涌起再落下来的水、大卫鹤尔尼画中洛杉矶后园的浇水器洒在草地上的水、泳池里的粼粼水光、夜晚避风塘的波影、艇底荡漾的水流、绿色的豆汤、红色的红豆沙(上面加雪糕，叫做"红白"，在铜锣湾一间小吃店里有得吃，你知道不知道?)、壶里沸腾的咖啡、杯里竖着茶叶的中国茶、春天池塘里的变化、水晶球里的水(那些是不是水呢?)、夏天的汗、眼波的流转、忍在眼角的泪、爱人唇角的涎沫、甜熟的李子的汁液、椰子里面的椰青，各种各样的水，摇漾的、动荡的(像一辆电车)，变幻的，闪烁不定的(像电车辗过的一摊水渍)，她说林有一次说她是属水的，人们分别属于金木水火土，而她则属水。那是什么意思呢?我想，是说人像水一样柔弱，水一样包容，水一样安详，还是水一样变幻？不，她用手比划：挥发成为白茫茫的蒸气，转变成飘忽绕着人轻转的雾，落下来成为点点的雨，敲在石板路上是叮叮的雹，柔柔软软抱在怀里是雪，凝结了枝头一卷柔和新叶的是霜。她的想象骑上骏马，她挥动画笔，给这里那里添上色彩。我们去到上环，下了车，又转另一辆电车回来。去到湾仔英京附近，她拉我下车。我们踱路，走到铜锣湾，我说你到家了，不，她在总统外面，又挤上一辆电车，我送你回去，她说，我还不想回家。于是我们第三次坐上电车。电车驶回来，外面雨已停了。我不想回家去，她说。电车慢慢摇着，人渐渐少了。我很喜欢电车，这样摇呀摇的，她说，有一天我要画一幅电车的素描，她笑着说：我也给你画一幅素描好不好？我也笑起来：你说过的话要算数才好，有时你说过要做的事，过了一天就忘得一干二净了。她垂下头，过了一会，她轻轻地说，是了，为什么我有时会那样呢？我这次一定要说了就做才好。在这样的时候，她看来很单纯很信任人，好像在诚心想自己的事，轻柔地作一个允诺。电车慢慢摇着。我真可以就这样在车上睡过去，她说。我不想回去，她说，我很害怕那些电话的声音，它们响个不停，当我不接的时候它们一直响下去，有时又好像有人在按门铃，即使没有人按门铃，我也疑

剪纸

心有人站在门外的走廊等我。丝丝细雨又再飘落在窗玻璃上。他为什么要写那些信给我呢？为什么要找我呢？她轻轻地喃喃自语。我忽然明白过来，她大概已经知道是谁寄那些信给她的了。

也斯作品

八

灯火通明，他们正在拍戏。白把我带到华身旁，就走开了。我坐下来，跟他点点头，他也点点头，但我不晓得他认不认得我。我许久没看见他了。现在他穿着古装戏服，因为没有上场，所以解开几颗纽扣。他脸上敷了粉，嘴唇涂红了，整个人看来那么不真实，好像是从画片里走出来的。周围没人说话，我也坐在那儿，听着远处一个女子一字一字地唱：山影送斜晖，波光迎素月。我按着地址去到那门前贴着挥春的旧屋，一个看来有点邋遢的青年开了门。唐？他说：这里没有姓唐的。一样西风，吹起我新愁，万种。一个老妇人从里面窥望出来。我问他可知附近有姓唐的吗？她摇摇头，就把门关上了。消息隔重帘，人似天涯远。我走下石级，以前华的房子现在也不在了，我也不知道该往哪里找他。走下石阶，我发觉沙田变得很陌生了。芳心更比秋莲苦，只怕梦也难通……

那歌声吸引了我。我不知他们是在拍戏，还是

剪纸

排演。人们围成一圈站在那边，阻挡了我的视线。我只偶然看见一角袍袖，一下晶莹的闪光、琵琶和三弦的试探，横箫和洞箫的暗示，锣钹的掩饰，突然全都淹没于人们哄闹的声音中，叫我不知发生了什么事。我看不到演员，但逐渐的，那声音吸引了我，叫我仿佛看见一个女子正在婉转表示自己的感情，我加入了自己的记忆和想象，我感到那迷乱的心情，我认得那些默默受苦的人们，如果可以，我愿意帮助他们做点什么。当我凝神细听，歌词有了生命，仿佛有一张脸孔，在我旁边呼吸，我可以感觉那转得急促的歌声传达了迷乱的心情：我寄语秀才应自重，似觉月影窥人柳浪空。抑捺不下的感情开始汹涌，正如文字反复回旋，无法收结：意乱情迷难自控，难自控，秋心尤似舞梧桐……结尾的拉腔收声，牵拉着心情的起伏徘徊。当她说呆秀才，那呆字里混杂了责备和欣赏，是欲拒还迎的眼神，乱了的脚步。几声叹息，是无奈，又是答允，是想回去又停下来，是担心虚幻又是坚持，这样的几声唉：唉，唉，镜花水月原是幻……任教铁石为心也动容。是她下船了吗？是她上岸了吗？依恋的夕阳舍不得离开山头，风来回撩拨锦帆，轻舟在水上荡漾不止，湿滑的春泥和痴缠的柳絮。轻销意马系心猿，借嫩柳深藏情万种。那女性的心的犹豫，那收束和开放。当她敞开心怀的时候，追求感通，感激对方的了解：有个书生，得解

　　　　　　　　　　　　也斯作品

我悲痛，拂柳相对，无语情半通；收束的时候，觉得一切尽是空幻，自卑自抑，过分伤怀和过分的敏感，呜咽着带泪还琴，说请从此别，言尽于此矣的"言"字盛载了所有伤感的重量，仿佛文字就这样到了尽头。但是，不，不是就这样就到了尽头。即使在悲痛中，在外界的威迫之下，在心情半开半闭的犹豫间，在离别后，在怀念中，仍然挣扎出那坦然示爱的声音：美哉少年，美哉少年。在那纷乱的人声之间，那是谁的声音呢？轻柔中有一份坚持：也不过临风遥赞好仪容。在险恶的处境下仍有这不屈的爱的声音。这人的声音，没有计较，没有猜疑，坦开心怀的信任，深情地看到对方最好的一面，不害怕坦露对对方的欣赏，永远希望对方好和更好的想望的声音。一下子，杂声又起哄了。但那女子的声音，带着那婉转展示的深情，仍留在我耳中。

我回过头来，看见华在我身旁。我可以看见他眼角的皱纹，面颊松弛的肌肉，他见我在看他，又转过来，和善地笑笑。人们都在谈话，大概是拍完一场休息，所以我也跟他闲聊起来。我说到几年前那个访问。人们搬着布景在我们身旁经过。他仍然记得，虽然细节大概不清楚了。有两个人挥舞长剑，假装格斗在我们身旁跳跃过去。我跟着说到大姊和你，自然也说到你的病。她怎样了？他问。有人要借用空位，我们只好站起来，看别人移开椅子，腾出更大的空间。他也很久没见到你们了，他想知道你们都好吧。我不知怎样说，只是简略地说你精神不大安定。我们站在无人注意的一角，一个人挟着一座山经过，一个人挟着小桥流水，一个人挟着后花园，一株松树猛地撞上他的腰，他用手去揉它。我说瑶最近在剪纸。哦，剪纸，他说。我不知该怎样说，我就说她每天大半时间都坐在桌前剪纸。好一对盈盈秋水窥人眼，指花为叶在田间。一个人捧着一叠乌纱帽走过，还有一壶箭，一丛剑，跟在后面是十头白毛黑斑的马儿，悠悠走过，头儿两边舂米似地乱摆，嚼掉了花卉和书本，华连连后退，才避过它们。女子的歌声扬起，不知是不是同一个女子，在人声中一把清脆的声音。花客负了红梅在眼前。从暗示到明朗：尚有花魁顾影怜，亦任你来独占。

　　地下冒出烟雾。大概是春寒料峭，我隐约看见那边好像有人搬动干冰，有人搬风扇去吹，但眨眼间烟雾弥漫，又什么都看不见，也许是我看错了。人们在我身旁匆忙跑过，我转过身，华已被人潮挤开，不知去了哪里。在烟雾的隙缝中我见那边的两个姑娘正在试唱，一个反串男的：哦，估唔到我落拓之情，何幸尚有姑娘怜我……另一个唱：何愁断了弦，退归武陵源，住绣谷弃俗缘。得花气再薰暖绣竹苑。请将佳客姓名传。一个接口唱：我是山西馆客唤裴禹。另一个跟着唱：我慕君风采，早经梦里牵。灵巧的对答。婉转投怀的女子的勇敢与害羞：相思店，曾未同渡客船。终身靠郎怜。她的眼睛一定是转向他，带着温柔的托付。一下子，她披乱了鬓发，聪明地装疯来度过外面压来的危机。即使在装疯的时候，仍不忘可爱又顽皮的逗才，好像小孩子卖弄聪明待人称赞的样子，仍不忘娇嗔地示爱：冤家，我未许欢情淡。交缠呼应的音乐与文字层层转出机智。已经脱难。爱根已蔓。在纷乱中仍有隐约示爱的余裕。歌声起伏转折，就像包容的感情幅度多层多面。那女性的心中有隐约的妒忌：休向慧娘说，弦断情还在。但这也可以宽心变成深情的信任：听你一句话凌乱五内，添羞态，杏脸难抬……烟雾弥漫，我们可以看见那些强烈的灯光逐渐没入雾中，变成白色光晕，然后雾愈来愈浓，白色笼罩了一切，我们看不见人的脸孔了。顿觉阴风扑来雾罩寒衢。雾里咫尺显真假。那是镜里的花，水里的影，一把纸伞里藏的女鬼。初更风动。那顽皮的失踪，那爱情中的疑幻疑真，患得患失，就像蕉林午夜张伞引出的舞蹈奔驰，灯光的一明一灭。笑三声，哭三声，梅开再世。在雾里隐约可以看见一张女子的脸，又一张女子的脸。那编曲的人一定是懂得那种种情态，所以编出一个深情的女子，在悲惨的命运中坚持不移，又编出一个开朗坦然的女子，遇到坎坷时机智应付，到了最后，蕉窗魂合，倩女回生，两个人的

剪纸

素质重叠，所有辗转变化的情态都汇合在那上面了。我听着那婉转的歌声，想着这剧是对深情的赞美。在这剧里，是这女子情深一片，是她主动创造，是她勇敢地为事情寻求解决的方法，是她庇护那胆小的书生，是她有分寸地为朋友分辩，是她为一份感情感动永远不忘。那女子在雾里歌唱，那美好宽大深情的形象，一时在我们左方，一时在我们右方，变幻不定，到底在哪里呢？莫非你骤借云烟驾雾来，傍花台形还在轻盈立翠竹外，似奇花异草幽阁夜半开。她在哪里呢？我回过头去，看见华站在我身旁。他的汗滴下来，混合了脂粉，显得有点脏，他正在吃一块三明治，咀嚼时额角努现了青筋。他炒股票破了产，结果又回去演戏，白说，我可以带你去找他的。他呷一口罐里的啤酒，就呛咳起来了。我说：其实我来是想问你唐的事。他现在住在哪里呢？玻璃下压着他的访问，还有他的地址，他是一个剪纸的人吧？他现在在哪里呢？我一连串的问话，只换来他的沉默。他低下头，没有回答我。分明是腊影摇摇花影动，你当是娉婷婀娜玉人来。三更除非鬼渡人，荒园那得红裳在。他是住在沙田吧，我又问。他抬起头来，说，不，他不是住在沙田，不，唐从未到过香港。瑶从未见过唐师傅的，他说，疲倦地摇着头。唐是教我剪纸的师傅，早几年在"文革"中过世了。我推衾欲抱如花影，你笑指镜湖江上月。烟雾渐渐散去了，我们脚下尽是错乱的形形影影。我不解地站在那里，我以为找到答案，怎知又失去了答案。

有人在调动灯光，推移镜头，排演走位。有一个留胡子的演员，穿起唐装，在摄影机前举起剑，但他下身只穿一条西式运动短裤，看来很荒谬。一个人哈哈大笑，一抹脸，原来满面忧愁；一个人说着挂念和关怀，一下子，又转过去排演愤怒与殴斗。跟随一双手的指挥，按钮的调动，红灯和绿灯的闪烁，有人吞火，有人打锣，有人用木剑向颈间一抹，排演自刎。一下子是六月降雪，一下子是蕉林冷月，手扬起那一刻，人物呆住，好像一张没有生命的硬照，一张剪纸图案，感觉不到它的意思；但袍袖一挥；每个人把生命放入那些角色里，于是他们又再活转过来。不同的声音在唱，顽皮的声音，平正的声音，猜疑的声音，慰抚的声音，深情的声音，信心的声音，所有这些声音混成此起彼落的合唱，把死板的造型硬照起死回生，变成有生命的故事。蕉林冷月窥梅径，纸蝶飘扬倩女灵，还魂早有回生证，借尸能续再生情。每个人都在唱，欢笑和呜咽，汗滴和泪滴，抑郁在暗室的，坦露在阳光下的，我们每个人各自做自己的角色。华刚笑过也皱过眉头，现在正在用纸揩额角，好像在把一切揩去，麻木而疲倦地坐下来。他用力抽一口烟，也许他也有自己的烦恼，我想我还是离去吧。我环顾四周，想

剪纸

在烟雾中找一条出路。可是他回过头来，叫住了我，把电话写给我，叫我有什么事打电话给他。我相信他是诚心的。我点点头，伸出手来跟他握了一下。我慢慢走出来。已灭青灯吐火星，托尸转世有还阳令。那人的声音还在唱。隔开一行

九

我拉一张椅，让乔坐下，然后读那封信。那不是书上剪下的诗，是报刊上剪下的破碎的句子：

在街头站到凌晨

请让我解释

小心呵

见面

我道歉

死

我刚看完，熊就走过来，站在我的办公桌旁笑道："没有事做呀？"

"封面的版样，不是刚交给你了？"

"下一期的内文呢？"

"字稿还没有来。"

他的眼睛，骨碌碌溜到信纸上，脸上依然挂着那个微笑。"写稿呀？"我也笑笑，摇摇头，轻轻把它折起来，放进口袋里。他又跟乔说："这么闲？"乔勉强笑了笑，她穿淡褐色衣服，脸上也带着淡褐色的影子，有点苍白，头发束起来。熊没话说，又走开了。

我再打开那张纸。我自从上次见过他以后，以为他心情安定下来，事情显然不是这样了。

"他第一次打电话给我，我觉得很意外。我问他，新的工作好吗？他说好，就沉默了。后来他约我出去喝茶，我去了，他没有什么话说，好像有许多心事。我说什么时候一群人一起喝茶吧，他又沉默了……他后来打过几次电话来约我出去。我没去。后来我就很怕听他的电话。"

她垂着头，随手拿一把锣刀去刮桌面的胶纸痕迹。半截胶纸粘在那里，她用劲刮。她放下刀，又用另一只手去揉眼睛。"他会不会伤害我？"她问，望着我。

我摇摇头，我尝试向她解释黄的感情。她打断我的话，她说得很急，又有点生气，说人们得不到什么就要加害，她说的是以前这里一个外国记者，约过她几次，她拒绝了，后来就说些令她难堪的话。

这样看对黄是不公平的，他也许拙于表达，但不至于伤害她，但过去的经验，令她作出这样的结论。这使我想到，他们彼此又有多少真正相处了解呢？是误解带来幻象，带来恐惧。

我向乔提议说我们不如约黄见面当面好好说清楚。乔连忙摇头，恐惧地说不要再见面。

我说黄可能只是不知道怎样表达他自己的感情，乔说：

"但这完全不是爱情呵！他根本看不到真正的我！他又什么时候照顾过我呢？"

我为黄感到难受。我知道，如果有机会，他是愿意用全部心力去照顾她的。但我也明白乔的感受。问题是，他们两个人即使同在香港长大，但背景不同，经验不同，表达感情的方法不同，自然有了鸿沟。一方面觉得付出了全副生命，另一方面却觉得无端受骚扰。我没法把这意思传达给乔。她指着末尾几个破碎的意义含糊的字：

"他为什么说死？他是不是要伤害我？"

她有点激动。这里文字是有点含糊，但我想他绝不是要伤害她。

"我根本跟他不熟……为什么偏要选我，要寄这样的东西给我？"乔的头垂得低低，仿佛有什么沉重的东西压在上面，叫她透不过气来。她抬起头，望着我说："为什么这样呢？我不要他为我而死。他为什么要威胁我？为什么有这样的误会？为什么，你告诉我……"

她一把抓着我的手，说："你告诉我！你帮帮我……"她的声音也沙哑了。我看见她白皙的颈间有一道淡淡的红印，好像一道瘀伤，好像是被什么钳住咽喉，说不出话来。我的心也慌乱了，一时不知怎办。

熊又走过来，把一叠字稿递给我，我伸手接过来。他说："你先设计歌唱比赛的几版吧。"

乔站起来，轻轻走开了。

"没有照片？"

"先留位吧。照片下午才有。"他也走开了。

我抬起头，看见乔褐色的背影，头发紧束在脑后。她一直走到远处，也没跟周围的记者说什么。好像避免跟人接触的样子，跟平日像是不同的两个人。我推开那叠字稿，把它们推过一旁。我忽然有点生气了。我不应让熊这样打断了谈话。我坐在那里，过一会，又把字稿拉回来，想不如赶快画好这几版。结果，过一会，又把它推开去。我想到乔需要人帮助。我站起来，走过去英文部那边找她。

她不在那儿。我走下楼梯，在版房走了一圈，她不在那儿，我又走上楼上的膳堂，她也不在。我走下楼梯，却在梯口碰见她。

我叫她中午一起吃午饭。她说罗渣刚约了她。她看来平静了许多。我说什么时候我们再谈谈，也许我再找黄说说。她迟疑了一下，说："不如我下午来找你吧。"我说我会在版房。她说五点放工来版房找我。

下午在版房里，当我往口袋里掏香烟，才发觉那张纸还在我袋里。我又再拿出来看了一遍。那些不同大小，不同字体、剪拼在一起的字。我可以想象黄很辛苦，他借它们来表达他芜乱的感情。它们是面具，遮掩了他也袒露了他，保护了他也歪曲了他。他现在到底怎样了呢？

新来的年轻的冯坐在桌的那边，他抬起头，不解地望着我。我没有解释，这样的事是没法解释的，我把信折起，再放回口袋，走去影房取照片。

在影房门前，马正在打电话。我听见他说：

"捞世界不是这样的……这笔钱如果谁吞了，都不得好死。那个下注的人，不是善男信女……昨天那里有几个人向我喊打，他什么也没说，只是说：叫你朋友，这个星期内搞掂……"马声音沙哑，回过头来看见我走近，便压低嗓子，好像不想有人听见。

我取菲林出来，还听见他在说：

"……不然走到天涯海角……"

我起先以为他在说笑，但我见他面容严肃，声音急促，像一具破损的乐器："这笔钱无论如何要呕出来……"

剪纸 ·113·

我回到工作桌旁。冯问："什么时候可以走？"我说："做完这几版吧。"我们已经做了四版，还有六版。我分一半给他，大家埋首工作起来。

　　熊这时才下来，他翻看做好的版，看到歌唱比赛的两版，他说留的空间太阔了。事实是贴好字稿后，下午才发觉不够照片，我想让版面不要太挤迫，就在标题附近留了空白。他说要每方寸都有东西看，宁愿移密了版，再补个参加综合节目的表格，我只好改。

　　马在那边说："咦，怎么这么静？"他又唱："我地呢班打工仔……"但他的声音不知怎的有点颤，笑有点勉强，歌词说的，并不能准确表达他此刻的烦恼，那歌变成胡言，不适合的面具。

　　负责传递的雄仔走到我身旁说："喂，老板有事找你。半个钟头之后上去老板房。"我说什么事？他耸耸肩。我看看表。熊在旁边说："咦，好消息！加薪也说不定！"他今天心情不知怎么很轻松，他交代了叫我们交版，便先走了。

　　"我地呢班打工仔……"马又重复他的歌。

　　冯问他："你上星期又赢了钱？"

　　他迟疑了一下，说："赢很少。有一个朋友赢了大钱……"

　　冯很羡慕："这星期有什么路数？"

于是他们翻开报纸，一起研究。冯掏出一块钱交给马时，菊刚进来，她笑道："马又度一个人升仙了。"

　　我想问菊黄的近况，又不知该不该直接问她，最后还是问了："最近有见到黄吗？"她点点头，脸上的笑容收敛了。

　　我问她电视台编剧的事做得怎样了。

　　"他没做了。"

　　马接口说："黄的脾气就是太硬，在这个社会做事，过分清高是不行的！"

　　"不是这样，他是病了没做。"菊为他分辩说。

　　"什么病？"我这才知道他病倒了。

　　停了一停，菊说："没有什么事。"我有一个感觉，她好像在隐瞒什么，她好像在保护黄，不愿意承认什么事。我正在想，却听见马说：

　　"……还有感情的创伤！"

　　我们都没有接口，我希望他不要再说了，但他偏说下去：

　　"其实乔换衣服就像换男朋友一样。黄就是不甘心，太看不开……"

　　我忍不住截断他的话："根本不是这样，黄和乔没有发生过什么事，乔也不是那样的人。"

　　"你又怎知道？别人不紧张你紧张来分辩？你这样热心，是

剪纸

不是自己有野心？"马哈哈大笑起来。

我立即知道他误会了。这使我也生气起来。他一贯冷嘲的态度，叫他凡事猜疑，往坏处去想。我本以为自己是个调停的中间人，一下子却牵涉进去了。"电话！"那边喊。"电话，马！"菊唤他一声。他有点愕然。听过电话回来，面色沉重。他有他的担忧，我有我的，菊也有她的吧。刚才的问题，悬在半空，谁也没有再谈。雄仔再在门口向我打手势。我叫冯做完他那部分先走，我一会下来做完再交版，这便上楼去了。菊与我一起走出来，在楼梯上，她说："刚才马胡说的话，你不要介意！他最近也是心情不好。"我看看她，她好像随便说一句劝人的话，又好像真正明白整个局面。她平凡的举动里面有一份坚决。我说："黄到底怎样了？"我又说："我今晚想去看看他。"走到楼上，她点点头，说："看看他，多个人跟他谈谈也好。"

老板是个高高瘦瘦的外国人，我在他对面的沙发坐下来。他客气地问了些工作的情况，然后他突然问我是不是最近开始替一份中文报纸写专栏。

我说："是的。"我奇怪他怎会知道。

他说我们机构原则上不希望雇员在外面兼做同类工作。

我说我写的是个散文专栏，有时写些书评或者什么的；我在这里做的是美术编辑，负责的是中英文电视周刊、高尔夫球杂志、旅行杂志之类的封面和内页版样设计，两样东西并没有相似之处。

"但如果你写明星稿……"他说。我不禁笑起来。熊不知从哪里知道我写稿后，第一句话就问："是不是写明星稿？"在这机构里，似乎文字就是明星稿的意思。我摇摇头，说我不打算写明星稿。

他看来有点半信半疑，他说他没法肯定。那些陌生的文字对于他一定是危险的。

"你写那个专栏有很多收入吗？"

我摇摇头。他耸耸肩，表示不明白。最后他说：

"也许到头来你要在你的工作和你的专栏之间作一个选择。"

"我会的。"我说。

回到版房，他们已经工作完毕离开了。我坐下来贴完版，把它交进去。已经过了放工的时分，乔还没有下来。我坐在没人的版房里等她。不知为什么，我心里有点不舒服。等她的时候，我拿出稿纸来，准备写明天要交的一段稿。桌面上有植字的碎屑，多植了或错植了的字句："没有人了解我，没有人关怀我"、"人生是一个妥协的过程"、"宁愿保持一个美好的形象，好过日常的接触"、"刹那的美就是永恒"……白纸上的黑字，窄窄小小的片片纸屑，它们看来那么熟悉，好像是流行的成语或者格言，我想真正找出自己心里不舒服的原因在哪里，想从别人习惯的结论那儿挣脱出来，我看前面这些字，看它们可以不可以帮助我，可是它们都不适合我，我只好把它们扫过一旁。是在尝试实在写下自己感受的时候，我开始反省一日里遇到的事物：一张贴上剪下来的字句的信、红色胶纸的痕迹、一个棕色的背影、偶然听见的电话里的半句话、重新排密了的一页版样、一个高高瘦瘦的外国人耸耸肩的动作……在凝神回想的时候，我有机会撇开空泛的概念、集中细想每件事具体的样貌。事物变得清晰了，于是许多不相干的事物间的关联好像逐渐浮现出来，外界和我的关联好像渐渐清楚了。是什么使我们想去写某些事呢？是当它们吸引了我们、骚扰了我们，使我们愉快或不安，带给我们挫折，或者令我们不知如何是好，过后我们写这些事，为了反复思考，想了解是不是有方法可以做得更好。因为要写，我开始想自己和别人。我先是看着这张灯掣坏了有时会不住闪光的灯桌，想到自己的工作，想到这份工作做不长了。从我自己的工作，又想到那些与我一同工作的人，想到马、菊、林、熊、乔、黄，还有其他人，例如陈、冼和庄，还有当记者的积信、珍妮和法兰西丝，还有美术部工作做得不错的文杰，还有喜欢音乐和看黄春明的恩（现在是不是在日本呢？），还有善良聪慧的敬民（现在是不是在夏威夷呢？），我怀念的人物。即使是在一所倾侧的机构里，还有不少人诚实地生活和工作。而从这一幢海旁的大厦，便也想到楼下码头海旁垂钓、散步和工作的人们，街市里的人们，路上熙来攘往的人们，除了那眼见的，还有那看不见的。我在想人们的关系，不同的人种种观看事情的方法，由此造成的种种问题，比如黄与乔的事。我突然想起，看看表，六点多了，乔还没有来。

我走过去打电话。打不通。有人在通话。过了一会再打，仍然打不通。我想乔不知是不是临时有事不能来，便熄灯离开了。

我走过电车路，到对面一爿茶室吃晚饭，我叫了一碗叉鹅饭。在等的时候，我又拿出稿纸来继续写。我的许多段专栏，一定都是这样写成的，在压着菜单的玻璃桌面上，在茶渍旁边，周围是人们哄闹的谈话声音，蒸气和吆喝，肮脏的砖地上散满牙签（有人拖地的时候你就把脚缩起），两旁墙上的玻璃上潦草地写着小菜的价钱。我喝一口微温的茶，回想一日遇见的种种，在那些未定型的时刻中，我尝试回想墙上的一道阴影、一个人脸上的一道伤疤、一阵白兰花的香味，或一句暧昧的话语，回想的时候，它们的形象变得明朗起来，容易接近了。有时稿纸上粘了一些工作桌上的字屑，一些堂皇的大号字或者油腻的字眼，我便尝试把它们抹去，好像觉得只有先抹去那些固定的字的组合，才可以重新排列文字，我写了又涂，有时偏激过分了，有时又说得不够，于是又把它涂去，整页纸都涂花了。我觉得自己像一个植字工友，一个字一个字地边植边改。有时，写得累了，我伸展两臂打一个呵欠，没有人理会我；又或者走到柜台，打一个电话。

电话通了，响了许多下，没有人接。

再打，有人接了，好像是一个陌生人的声音。背景有人在唱歌，有人在笑，我听不清楚，我这边也很吵。"乔？"我说。

没有声音。我想是打错电话，我想收线了，然后那边乔的声音清楚了。是不是刚才的声音，我不肯定。她刚洗了头。原来她把说来版房找我的事忘记了。"不如你现在来我家吧。"她说。

那边好像有人在唱歌。"我们明天再谈吧。"我说。

"不，不。你现在来。我等你。"

去到乔家里，她独自在家，正站在房间的墙边髹漆。她说："又一只鹦鹉死了。"醮着白漆，她把墙上画着的一只红鸟髹白。那只红鸟失去它的尾巴，失去它的翅膀、失去它的颈子，最后更失去尖喙，混入墙上的白色里。鸟儿仿佛变成透明，或者隐身穿墙到那边去了。

她拉高百叶帘的一角，让我看那面墙的一个黑点。那是香烟广告中的烟蒂，或是某个窗口冒出的一缕烟。"有人躲在那里。"她说。有人跟踪她放工，尾随她回家。不，她看不清楚，只是觉得有人窥伺，当她回头就有一张脸突然闪入人丛去。她觉得有些什么在背后，当她奔跑，有脚步声回响起来。只是一丝衣角，橱窗角落反映一张戴太阳眼镜的脸，咖啡店外一辆车的倒后镜里见到的一双眼睛。而在晚上，电话铃响起来，当她拿起听筒，那边却没有声音。她害怕，她交叉双臂站在墙壁前面，好像在保护自己。她一身黑衣，背后半幅墙空白，半幅是红色的鸟儿。

　　我安慰她叫她不要过分担心，我想把整件事详细分析。我有那么多话，一时不知从何说起。她打断我的话，说到今天早晨在露台看见的一头灰色野兔。它用红色的右眼看着她。那时她的颈背隐隐作痛。她用手掩着左眼，也用右眼看它。她想它那只朝向外面的左眼这时一定没法看到这个颈背隐隐作痛的她。

　　"我知道你的感受，"我说。她走过来坐在我身旁。我把我的想法告诉她，话还未说出来，她已经不在我身旁，她现在站在那边，正对着高几上一扇屏风的镜子，端详她自己。我从几面不同颜色的镜中看见她脸孔的正面和侧面，她在那里却看不见我。我走过去，突然我又失去她。她正在那边，蹲下身，我

剪纸　　　　　　　　　　　　　　　　　　　　　　　　　·121·

以为她给我倒一杯果汁，结果是传出音乐。她在房间一头，我在另一头，我说出的话没到达她，淹没在音乐里了。我写稿时可以用文字详细表达自己，但在现实的对话里，机会像一尾滑溜溜的鱼，溜自你的指头，转眼消失在水波中。

波浪变成回旋的楼梯。我们在上面坐下来。乔说："如果妈妈知道又一只鹦鹉死了，一定很伤心。她现在在外国，她在家时，每晚都跟鹦鹉谈话，直到黎明。"我们站在墙边，她伸手抚摸几只红鸟，它们短小的颈子温柔地回转过来，依偎在她纤长的指头上。"自从我八岁那年，妈妈就没跟爸爸说话了。"她关上唱机，给自己倒了一杯黄色饮料，又把白色的床翻下来，斜躺在上面。"我不喜欢爸爸，他打我，我把涎沫吐在他脸上。"她抚摸颈间，仿佛那里有一道小小的瘀痕。我不知道她说的是现在还是过去的事。"你相信吗？我中学那么大，爸爸还是照样打我们。"她拉高裙子，让我看到白皙的膝盖上一道小小的疤痕。然后黑色的裙子覆过来，遮去它。她伸高两手舒一个懒腰，指头轻轻拨动，跟高飞的鸟儿玩耍。她半坐起来，若无其事地哼一支英文歌：

我怎能改变一切？
爱你是一件不对的事呵。

她咭咭作笑，好像遇到什么开心的事。一刹那间，她又变回原来的乔，其他人眼中无忧的形象。她打一个手势，叫我看那边几头一张卡。白色上的一摊红色，薄薄的，好像随便溅上的什么，轻巧的颜色的游戏。她做一个手势，叫我看里面。那是罗渣的早来的圣诞卡，上面写着一个中文"水"字，她一定也跟他说过她对水的感觉了。那字歪歪的，好像一头木的蝴蝶，没有了撇捺的流动，变成一个符号。"外国人，你知道啦！"她笑着说。

　　她躺回床上，两手拿着杯子，把它搁在身上，半眯着眼，跟天花板上一张南美面具海报打招呼。"我希望做一个墨西哥人，在狂欢节日中喝得大醉。"她又说，"如果我喝醉了酒，我要拥抱我喜爱的人。"我随口说："你喝醉了酒，是不是喜欢说话的？"我原意是问她会怎样，但说出来，我立即知道这话容易惹起误会，好像是两个人谈话，我忽然跳到第三者的立场，批评她在胡乱说醉话。当然我知道她不是醉，我意思不是这样。但话说出来了，我能怎样？她沉默了。

　　然后她又笑笑，好像什么事也没有。我回过头，在旁边的几上摸索：一头玩具羊、一串珠子，一只手镯、一把梳子、一个口琴。我拾起口琴，把它放到嘴边，吹出来是一声沉重颤抖的声音，好像一声呼吸。慢慢的，我吹出一个一个音，我想吹的是一支安定下来的歌，缓慢的一个一个音，好像电影里的慢镜头，一双手臂迟迟的转动，好像一个人施施然把事情细说。乔左右转侧，她转过来，转过去，眼睛望往别处，她伸高手，按一个掣，不知从哪一格取出一盒录音带，又把它放入不知哪一格。她再按一个掣，歌声传出来。我放下口琴。她躺在那里，向我举起杯子。现在音乐飘忽，一个女子急促而轻柔的坚持，像是喘息，像是追索，像是寻觅。她默默看着我，不知想什么。我看手中的口琴，见它湿润的地方发光，我把它在手上拍，轻轻拍出里面的涎沫。那歌急急转入一段陌生的变奏，离开了原来熟悉的发展，过一会，那原来的一段再出现，像一张熟悉的脸孔，然后，突然，又是散杂而芜乱的，就这样，离去，回来，离去，离去，回来，那激荡起伏的，变化莫测的，像激流，最后，就这样，离去、离去、离去、离去……我等着那回转，只听见一段沉默，原来歌就这样到了尽头。再过一会，轻轻地，响起了另一支歌。乔缓缓闭上眼睛。我又把口琴放到嘴旁。我记起以前学过的一支歌，那是一支安慰的曲子。我轻轻地吹了几句，有一处记不清楚，于是又停了，由头再开始。这次好像接近得多，我继续吹下去，那是一支轻柔的曲子，好像微风的吹拂，手在背上的抚慰。墙上的鸟儿都闭上眼睛睡觉了。这是不是安眠曲呢？乔好像也睡着了，我停下来，轻轻放下口

也斯作品

琴，等她再睁开眼，说一句话。还有那么多话未说清楚，可是她闭上眼睛，不知是不是睡了。我轻轻拍着口琴。然后我听见她唤我。我抬起头，发觉她仍然静静地躺着。我这才发觉不是她的声音，是背后的录音带播到尽头，机器发出"得、得、得、得"的声音。我走过去按了掣，它静下来。室内静得什么声音也没有。她真是睡着了。我说："你睡吧，我走了。"她也没听见。我走出来，把门在背后带上。

我从一个世界，去到另一个世界。我聆听和观察，突然看见眼前转换了场景。当我去到黄住的地方，看见他的脸孔，听见他的说话，我突然好像跨过另一道门槛，我又从乔的角度，移到黄的角度。

我一开始就觉得黄有点不妥了，不仅因为他脸色青苍，也不仅因为他说话有点混乱——他坐在角落一张椅上，不断向我说话，说他自己的事，有时说了又好像担心我不明白，重重复复地解释。他右手握着铅笔，说话时无意地在桌上一张白纸上写字，一个个字东歪西倒，不连贯，也没有意思。他设法解释自己，不想被人误解。但他不善于说自己，他一方面也不愿用外间标准来衡量自己到了什么程度。他在忍受，即使到了不能忍受的地步，也不懂喊出来，还是继续忍下去，甚至有时还傻笑，在不该笑的时候笑，即使里面有些什么已经坏了。他的左手，无意地，就像人家无意把烟灰掸到烟灰缸里那样，压着左腹对上的地方，一面还在不停说下去，好像压着那儿就会减轻里面的器官猛烈的痛楚。但他这动作全是不自觉的，是习惯性的，看见我注视的眼光，反而把手移开了。当我沉默下来，他发出沉重的呼气声，气流经过鼻孔，发出嘶嘶的声音，偶然是一声哑重的喷气，仿佛一头生病的呼吸有困难的动物。而他对这一切都不自觉，默默坐在那里想着自己以外的另一个人。我突然感到一份压力，一种因为感到要对另一个生命负责任而来的压迫感，我不想再知道更多，我想告辞离去了；但另一个我仍留下来，接过他递给我桌面的这剪贴本，隐约感觉到他的感情。在这剪贴本里，他收集了所有能找到的乔在这些通俗刊物上所作的广告设计和插图，还有乔平时闲谈或开玩笑画的画像，留话的字条，一些随手搓成一团扔掉的草稿，他都小心保存下来了。在那些餐室广告、夏日新装特辑的草图或者是流行杂文小说的插图里，他在这些表面流行的画风下看到那插图者个人的笔触，因为是带着爱细看的，所以在平凡的地方也看见了画画的人的灵巧个性。他一定是用了许多时间去细看她的东西，去了解和思想她的世界，所以现在她的工作和为人、她的衣着和画作，对于他不仅是一个西化的幻象，不仅是概念，而是具

也斯作品

体的一个人的风格。现在他，用笨拙的指头沿着一道线划下来，在那些受外国杂志影响的商业性插画底下，他有信心地从一些细节看出这画画的人的创造力，肯定她活泼的个人才华，和她未受污染的天真。他翻着她日常随手画下跟我们开玩笑的素描，想到她的幽默和可爱的幻想力。从乔作过的少数小幅的线条画里，他会强调她不甘随俗的独创性，至于另一些好像几何图案的较呆板的风格，他也会为她分辩，甚至进一步由画说到人，说那里表面虽然好像没有感情，但正是因为处在一个复杂的商业机构，不能不隐藏感情，保护自己，这正可见她是一个自爱的女子。说到这里，他的忧虑就愈深了，他对她所处的环境非常担心，认为会妨碍她的发展。他隐约觉得她的口味和对艺术的看法，受了香港流行的对现代艺术的观念影响，令她未能成为一个更阔大、更扎实的艺术家；而在为人方面，她许多时说话不算数，或者给人说谎的感觉，正是这现代机构里人们一般的处事态度。他担心她在这样一种寰薄轻浮的气氛之下，怎样可以突破，他觉得她很纯，很容易信任人，他喜欢她这些素质，但又因为这而担心，恐怕她被人影响，怕她的天真被败坏，怕她被人欺骗而受到伤害了。黄愈想愈焦急，他说到认识的一个好女孩子，在一所著名的机构工作，被一个瑞士人欺骗了，结果对方一走了之，留下她在香港。黄的例子越举越多，都连接着他对乔的担忧。他从对一个人的迷恋开始，由于层层反省，开始思考到她置身的环境，看见整个商业社会的偏侧。这爱情的幻影连接着广大的压人的现实，他从狭小的窗口望出外面无边的深夜，那脏乱的世界的某处有一个人是他关心爱护并且寄以希望的，他期望她可以更好地生活下去。

我看着他。他重重地把气从鼻孔呼出来。他达到这样的结论也付出了很大的代价。他长久以来的沉迷和思考，令他逐渐对事情想得更透彻，但在现实生活中他却完全失败了。他又失业了，他住在这亲戚楼宇的一个房间中，也许还欠了债。所以当他告诉我他的理想，说他希望有朝一日可以照顾她的生活，为她预备一个画室让她安心作画，与她互相启发帮助对方进步，我听了，现实一面的我就觉得他不切实际，自己的生活还未能解决就想去帮助别人，但另一面的我就会觉得，虽然他的话说得笨拙，想望的事物却是好的，而且倘若他们真的有朝一日相爱，那美好的前景也不是完全不可能的。问题是若乔对他完全没有爱，这一面倒的设计只会对乔造成压力，骚扰了她的生活，又令她精神不安罢了。我把我的看法告诉黄，但他不愿意接受她对他没有感情的说法，他举出过去她说过的赞美的话，凝望的眼神、手的无意的接触，他似乎要用一切证据来证明这感情。他愈是分辩得急促，愈是显见他的恐惧，他恐惧她对他完全没有感觉，甚至会鄙视他的迷恋，使他这一切努力变成虚空。我说会不会是你过敏，把许多日常的善意举动解作爱情？人与人之间感情的幅度是很宽阔的，不必只限于某些爱恨的极端，而且乔在西化的机构久了，可能举动比较不拘小节，会不会与你一向了解的表达感情的方法不同，所以引起误会？但他也不愿意接受这点。在他心中，乔是一个有情的女子，以前彼此也是朋友，没有可能避而不见，一定是有了什么误会。他担心她接触的圈子。他说她有时看来有点"轻浮"（他极不愿意用这两个字，迟疑地说了出来，又摆摆手，好像用红笔划一道杆子删掉，然后改说"轻失"），完全是受了周围的沾染，本质上是个善良的女子，绝对不是一个无情的现代商业社会的幻象。呵，幻象，一个紫红黄蓝水纹的中空的氢气球，一具嗡嗡作响的自动机器、一片片铬黄和银绿在玻璃上的反映。黄不甘于看一张张幻灯片，他尝试，把它们连上人，把它们放回历史连绵的流动里。

　　他向我保证，绝不会伤害她，只是要跟她说话，说清楚这一切。是在这时候，他打开抽屉，拿出一本黄皮的厚本子，递给我看。第一页的第一行写着乔的名字，这是一封信，密密麻麻地写满了每一行，写满了整本厚簿，他尝试把整件事由头到尾说清楚。他整整写了几星期，这封信写得很乱，却是他第一次不是剪别人诗文，直接说出自己想法。我过去在青年刊物上看过黄几篇散文，它们都是短短的，文字流畅，说及零星的感受，或日常生活的温情。现在这封信开始时，仍然是这一种风格，说到过去的日常琐事，由那贴切的实例中，可以见到那细致关心的目光，自然流露的爱慕。然后他跟着说出自己由观察而了解的乔，说出自己的爱，解释自己的行为。从这里开始，文字逐渐变得嗫嚅了。也许这样一个人主动地去对另一个人的生命说点什么很容易会变得很难堪。没有机会见面对话才要写信。他尝试解释自己，免得一切显得怪诞。到他要表达自己的爱，又会觉得那流畅的文字，说不出这份感情的沉重，他的文字开始重复，他口吃了，他开始对自己的文字不满。等到要解释自己的行为，他更发现这整件事的复杂，不是三言两语可以说清楚。他写下一句话，又发觉它可以有不同的含义，可能暗示了相反的事情；又或者它太概括，遗漏了生活上难以界定的枝节。他担心自己被误解，不住解释自己并无意伤害对方，他一面说又一面反省自己这样写是否显得可笑，他就像是用对方的沉默和怀疑来盘问自己，文字在这样的批评下，变得很脆弱，又令人注意到文字本身。轻易流利的话写下他又删去了，所有文字都变得可疑、暧昧、破碎。他最先说爱的时候信心十足，但愈写下去，愈怀疑自己，愈怀疑对方会怀疑自己，就愈失去信心。他不断改换语气，不知该用什么语气接触对方。在页边

也斯作品

一段一段的加上注释补充。他不断删改，写了几个字，在当中划一道线删去，写上另外几个字，删去的和重写的字同时可以读到，那犹豫和矛盾同时坦露出来。文字在没有信心的授受关系下逐渐崩溃。结构解散了。他有一页不断重复自己没有标点没有句法写了又删去删去又再写出来　逐渐文字碎散　变成无意义　片段　文字　意思　变得　不确定　浮动　他愈写愈乱心情　愈混乱　好像　有很大的　愤激　在那里　文字碎成　一下　一下　拳击　好像没有了　文字的法则　也没有了　世界的法则　变成　一片混乱　对文字的表达　怀疑　到了极端　觉得　文字完全没用　那就只有　落到　暴力的　咆哮　最后是　虚无　一片空白

剪纸

我翻过两页，终于又再见到文字了。仿佛隔了一段时间，他又重新提笔，因为这是唯一向她传达思想的办法。他起初仍然在重复地解释自己，好像怀疑自己的表达能力。他好像是一个初学使用文字的人，犹豫地举步，不知它会把他带到哪里去。他过去在学生报上写过一两篇短文，鼓吹"纯粹的中文"，或者批评艾青诗里"的"字用得太多，等等。但现在他无暇顾及这些细节，把拘谨的禁忌都打破了，他仿佛是面对一个生死攸关的关头，文字汹湧喷出来，为了分辩问题，改变想法，他真正有话要说，他的生命仿佛都建筑在这些文字上，所以他没有时间去想美丽的字眼，含蓄的暗示，他不顾姿态，没有策略，就是想捉住那最基本的、最重要的一点，唯恐一失手就坠下虚无的深渊。他说到她的人，说到她的画，他反复细察看见自己想看见的优点。他说出自己欣赏的她，而在这些爱慕的文字之外，隐约浮现一种婉转规劝的文字，流露了他的担忧。他担心她的孤弱，担心她受他人欺骗。好像是因为他凝神看她，逐渐看到她与其他人的关系，她所生存的空间，以及艺术的问题。有时也许他忧心自己的文字不足，所以引用古人谈论书画的文字，说到气韵和精神，说到充拓心胸，为现代的画观补充不足。又或者他也向西洋的画论寻找反调，就他所看到的，比如亚诺豪斯的艺术进化史，或者约翰保加引申的本雅明的艺术与生产关系，甚至通俗如汤姆·吴尔夫对现代艺坛门窍的批评，找到的，有中译本的，合用的他都用了，然后这些又混入他自己的文字中，文字汹涌而来，挟带砂石，但其中有一种原始的力量。仿佛正因为他流离于正常的社会和工作之外，正常的感情和沟通的关系之外，由于他苦恋的焦虑和恐惧，由于对自己和一切都全盘怀疑了，唯一可以重新建立和改变事情的，对于他只有文字。我仿佛看见他俯首疾书，像向一池浮泛的水光说话，想用话抓紧浮影，面对面说个清楚。在那表面的晃荡的符号下他幻见一个实在的身躯，鲁莽的接触又一再把形象打碎。他的头愈垂愈低，夹杂着恐惧和愤慨的视线里依稀有那么一个人，他想尽一切方法去辨认清楚，他的语气有时是肯定的，有时也怀疑自己，有时苦口婆心地劝告：希望你小心，不要被人欺骗！有时反复解释：我不是强求，如果你没有爱情，我不会勉强的。他相信言语会令沉默回答，唯恐对方不明白，他的话重重复复，好像回声一样：我不过是想把一切解释清楚罢了，我不过是想把一切解释清楚罢了。

　　黄在信末写下自己的名字。当我看完了，他叫我把这本黄皮的厚本子给他，然后把它放入一个硬纸皮袋里，他在纸袋面写上乔的地址，贴上邮票。当他做完这一切，不禁重重地舒了一口气，整个人像紧张过度的弓弦松弛下来。这时我看见窗外

也斯作品

已是微明了，我们谈了通宵，这时都疲倦不堪。灯光有点刺眼，我站起来把它熄了。靠着窗外照进来的微光，我看见黄的重重阴影的脸上，眼睛露出狂想的光芒。他看来苍老了，他脸上的棱角暂时消失，看来有一种柔弱善良的素质。他一定是很累了，他的背痛发作，我看见他站起来走到床边，在床上躺下来，有一会，他把那纸袋压在胸口，好像一个逝去的人，抱着遗嘱。他静静地躺在那里，我收拾东西，准备离去。当我走到床边，他睁开眼睛，把那纸袋交给我，托我返工前替他在附近的邮局寄出。我接过来，感觉到纸袋有点暖，好像是一个人的体温，令它变成有生命的东西。我走到房门口回过头来，看见他又闭上眼睛，静静躺在阴影幢幢的房间里。他这样一个在外面的世界里被打垮了的人，我手上的东西是他唯一赖以重新建立自己、与外面沟通，并且去改变他认为错误了的世界的力量，现在我可以感到他复杂的心情，既对文字寄托了无限希望，又同时对文字的力量充满怀疑。我小心地把这纸袋放入我背着的书包里。它压在我未写完的一段稿上面，另一个人对文字的信心和怀疑，好似也混入我自己对文字的信心和怀疑里了。

大姊在背后想按着你的手又被你推开了。按下的刀锋向上竖起来你父亲倒在地上母亲在旁边哭泣桌椅凌乱一条电线垂下来灯泡玻璃的碎片杯盆玻璃的碎片满地都是小弟说不要这样二姊二姊不要这样你回过头去刺你大姊她闪开了我想从后面捉住你你回过头来刺我我只好退后退后

你们不要挡门不要囚住我不要留难我你高声喊但其实又有谁要囚住你又有谁要留难你呢

"瑶！瑶！"你大姊喊。"瑶，"我走前一步，你霍地转过身来狠狠地用刀刺向我我没料到你会这么狠的我连忙退后退至碌架床旁边被褥掉了一地我捧起被放回床上但那没有用到处都是衣服布絮整个家好像遭了灾劫

你高声喊说有人欺骗你，你指着我们说我们败坏你的理想阻碍你的发展我们令你无法到达无法到达什么？你说我们没有照顾你帮助你我们不高兴你在这里我们想你走你说我们嘲笑你教书失业你说我

也斯作品

们现实你说我们迫害你没收了你的信有人打电话来不告诉你我奇怪你连这些琐碎的事也会发生误会你说我们密谋对付你与你母亲约了人来相亲不想你留在这里所以你要用刀刺我们了？可是何尝有这样的事？为什么你不看清现实？我不明白你脑里面一直在想什么？现在又在想什么？

你的样子变了，你的眼睛忽闪忽闪的，嘴角忽然露出一丝冷笑，与你平常温和的样子不相称。你不断说：以你们的处境，你们的做法我是可以了解的。好像我们和全世界的人正联合起来迫害你一样。为什么要这样想呢？唉，你一旦骂起人来，我才看到你脑中有那么多纠结不清的东西，对人有那么多现实的坏的看法。过去对于我你只是一个年轻温柔的形象，好像心胸里有无限柔情，为自我的压抑所苦。一下子，我发觉我可能完全看错了，我后退一步，双手想扶住床沿或者什么来支持自己。我从没听过你一连串说那么多话，你的话跳跃不定，它们不连贯了，有时甚至是不可解的。我约莫听到你在批评这屋里没有古雅的摆设一时你又说它太静了没有生气你好像对一切不满意你好像把它和过去的某一所屋相比把里面的人和它里面的人相比而你觉得我们都不如你意你露出蔑视的神色说我没有威严你说你大姊这样教书只是妥协然后你说到其他人你说高的婚姻有问题是他道德有亏你喃喃自语说这是你的道德标准绝对不能容许的然后你又不知说谁你说你在信中骂了他他还认错你似乎因此毫不尊重他仍在骂下去我不明白你说的这么多话，为什么都是以你自己为中心，好像在你的生活中，从未抬起头来，好好看一看周围的人，承认除了你的个性以外，他们也有特殊的个性，并不仅是概念化的一些符号而已。可是你继续高声说你和我们的关系到此为止了，你说你可做的都做了，与我们并无亏欠了，你说的时候，好像有种施舍的神色，我真感到委屈，想到近月来我们的奔走担心，到头来，竟好像你为我们牺牲了一样，为什么要这么说呢？你突然暴烈地说你不要再浪费你的生命了，你的刀锋闪闪，指着我，好像我是你的假想敌人。我看着你，我这个平常的人，甚至不会拍台拍凳跟你对骂发泄怒火，看着你握着刀的手微微颤栗，我只是想实在做点什么，我走前一步，想伸出手接过刀。呀！你突然好像发狂一样大概以为我袭击你你挥刀狂砍过来，你睁着眼喝道不要碰我你呼喝说不要轻薄我真的愕然了我真奇怪你这样善良的人往往又竟会从最坏的方面去猜度人突然你一脸正气地说你这么勤来我家里走动难道我还不知道你不怀好心吗？我呆住了，突然感到某些事情是无可挽回了。我看着你，我看着你然后才发觉你不是看着我，你看不见我，你从来没有看清楚我是怎样的。这句话真的使我愤怒了。

这真是太过分了，瑶，这样胡思乱想下去对你有什么好处？所以当你继续说你只爱唐师傅一人，只有他了解你崇高的理想正义的行为，我忍不住打断你的话，拆穿你说其实并没有这回事，一切只是幻象唐早已过身了你根本就没有见过他这一切只是你编出来的。

话说出来我就后悔了突然你持刀向我冲过来我闪开你站在床边一手扫开桌头剪纸的工具把它们猛地扫到地下周围去颜色纸四处飘散油盘碎裂你执着大姊的书本把它们当中撕开两半我们喊着阻止你不理会我们要走近你就举刀戳我们你又用刀去割书页，把一叠书本，割成片片碎屑，你用两手把它们掷向空中，你抓起那叠粤曲唱片大姊说不要噢不要已经太迟了你把它们敲得粉碎然后把碎片向我们掷过来你大声喊不过是物质罢了不过是物质罢了一下子所有的图画文字和声音都毁灭了不过是物质罢了你手握拳头说你是被骗了你毁坏一切来发泄你的愤怒你挥动你的刀那可以用来创作的用来破坏了你的激情不是发挥成爱而是变成愤恨了。你挥动拳挥动刀空中飘满纸屑，颜色的碎纸屑落到窗玻璃旁，门边，墙上，桌面上，落到我的鞋面，破碎了那恒常留传下来的生活情态。

事物与意义失去关联。在我站立的地方前面，有几团东西，它们是皱成一团的，纸质白里泛黄，纸上有细小的黑点，可能是一些符号，藏在皱纹缝中。在我鞋背上，有一方破碎的红色纸张，是长四方形，不，是菱形的，其中一个角上似乎连着幼长的线，有点模糊。在我另外一只鞋的旁边，一片破碎的黑色胶片，呈三角形，但底边略圆，黑色胶片上有许多细细的沟纹。它们破碎、哑默、彼此没有关联，我们三个人站在这些破碎的物质之间，是三个圆柱形，彼此也没有关联。

　　然后我抬起头望你，看见你汗涔涔的，一定很累了。突然，大姊走前一步，改变了这没关联的图形。她走前去，从旁边抱住了你。你挣扎，挥手，用刀戳往她臂上！她没理会，血流出来，然后，你再挣扎，然后，你的手酸软了，掉了刀，整个人塌下来，倒在她怀里哭泣。她轻轻抚着你的背，说："没事了，没事了。"

　　我走到你身旁，大姊轻轻摇手，好像叫我不要再说话。其实我不是要骂你，我只是想说……但大姊摇摇手，好像哄孩子睡觉的母亲那样拍拍你的背又向我摇摇手，我只好不再说话。大姊在你肩背上下抚摩，我听见她说："这孩子，也难为她了。"她胖胖的手掌缓缓地安抚你瘦削的肩膀，你没有作声，好像慢慢睡去。我回过头来，看见一屋的破烂，不知要多少日子才可以从头收拾好了。

十一

我两边张望看不见人影，回过头看见电梯在背后打开，我愣住了，过一会才看见马在人堆里，"上一层！"他举起手。电梯门关上，朝下面隆隆开下去。我两步拼作一步，从楼梯跑上一层。没有人。有一个白衣姑娘在那边，我追过去，她却消失在一扇门后面。那边有两个白衣人推着一张病床，我追过去，他们又消失在另一扇门后面。我迟疑一下，推开门进去，没有他们的影子，只是一扇长廊，两边房门排着号码，我走到尽头，推开一扇门，又回到外面，在电梯的旁边。

有人在背后拍拍我，那是冯。"怎么样？"我问，捉着他的肩膊，好像怕他走开，好像他是我唯一的希望。

"情况很坏！"他摇摇头。"谁？"我追问。他看我一眼，说："罗渣！还未度过危险期。""到底是怎么一回事？""剪刀。黄不知怎的在袋里藏有剪刀，是寻仇……我看是情杀，因为妒忌……"他摇

剪纸

摇头。"黄怎样？""晕倒了。""乔呢？乔怎样？"他摇摇头。电梯门打开，他走进去。他指指那边一扇门，摇摇头。电梯门关上了。他摇摇头是什么意思？是他不知道，是未肯定，还是……乘车赶来这里途中的忧虑又再浮现。黎明前的电话铃声是一个凶兆。心好像被人提吊起，放不下来。希望事情不要太坏，希望还未酿成真正的灾祸，希望没有事……我急步跑往那扇门，几乎与推门而出的林碰个满怀。

"乔怎样？"我冲口而出就问。"罗渣送她回家……"我陪他走回来，一面听他说。"大概是他对她不规矩，躲在梯角的黄冲出来，挣扎中黄不知怎的把剪刀拔出来，刺伤了罗渣……""我是说，现在乔怎样了？"他摇摇头，"我也没见到她。她大概只是受了伤罢。你问问菊，她们在里面。"他手指向那扇门。"我也没见到她，我要上班了，你好好地替我们看看她吧。"

我推开那扇门，转一个弯，我看见一个女子坐在一张白色的长凳上，乔！我叫起来，我庆幸她安全无恙——但，不，我走近就看见那原来是菊，手里拿着乔的一件外套，似乎带着血迹——不，我在她身旁坐下时就看到，这不是血迹，是一件红花的外套，菊的衣服。

"乔在里面？"我指着她对着的一扇白色的房门问。她摇摇头。"黄在里面，"她说，"他发高热的时候还在唤她的名字。他说他不是要伤害她。那么多天深夜，他就站在外面，隔着那片空地看着那座巨大的大厦，看她那一层有没有灯，他希望看见她，知道她安全无事，他又怕让她看见他，以为他要伤害她。"菊说得一切好像就在眼前，好像她看过他的日记，或者听他说过那些事。那地方，她好像也变得熟悉不过了："他躲在闸门旁边，或者在街头走来走去，他站在街头那片卖生果的杂货店，或者卖薯条热狗的小吃店那儿，透过橱窗玻璃的反映，看着背后偶然经过的人们。他尴尬地踱来踱去，恐怕别人会怀疑他不知在做什么。他擦着双手，因为在寒冷的街头站得太久是会令你手脚僵冷的，他咳嗽愈来愈厉害了。而他以为这是表示他爱情的伟大，他真是一个蠢人。"

我听见她激愤的语气，我看见她的眼睛红起来了。我可以明白她的心情，"可是，"我说，"他为什么要拿着剪刀？"

"我也不明白。所以我想他是疯了，他是神经错乱了。这样弄到自己连话也不会说，最后几个星期只是张开嘴巴，说不出话来，好像全身作痛，却没法准确说出来。他最近这几个月每天到时候就到楼下等信，每次都是失望回来，有时他故意把一些白信封放在信箱里，骗自己说是回信来了。他是一个自欺的人，你晓得的。他一直在欺骗自己。他当然错了，用剪刀伤人是无可挽回的大错。他那样每天瞪着前面，举起手仿佛要保护自己，或者以为在反击别人的袭击，或者以为要抓着空中虚幻的事物，当然是错的。他那样每晚乘电梯上去，摸着那三个金属数目字冰冷的圆圈，那扇永不会打开的厚重的大门，坐在走廊的地毡上，偷偷地流泪，这种软弱自贬的做法，完全彻底错了。而他自以为有能力去救人，那样以为他正在保护心中纯洁的形象不容污染，更是根本的错误……"

菊双手掩面，努力咽下呜咽的声音。我心里感到极大的空虚，仿佛突然被人抽空了，有一种想呕吐的不适之感。我们都感到这事所蕴含的莫大悲哀，那甚至是超乎这个人或那个人单纯的对错问题。人与人的关系互相牵连，混合了我们这些其他人的感情。我们这些旁观者一下子也牵涉其中了，我们可以指责黄某种偏激行为，造成无可挽回的悲剧，但当不幸的事发生了，我们能置身事外吗？我本来只是一个传讯者，但因为我知道了内情，所以我变得也有责任了。现在我也自责，为什么不在替他寄信以后这个多月中仍然再联络和劝勉他呢？为什么我几次找不到乔谈话以后就没有再找，以为一切自然会好起来呢？我忙碌，工作不顺遂，心情不愉快，我有种种原因，但如果我知道事情一做出就无可挽回，也许我会再尽多一点力吧？

我打开了门，熟睡中的黄看来安详。他的呼吸仍发出嘶嘶的声音。但他的额头没有烫热，他已经没有冒冷汗和说梦呓

也斯作品

了，他会慢慢好起来的吧？我问菊要不要回去休息。她摇摇头，说："我在这里等他醒来。"

最后我问她："乔怎样了？"

"乔不在了。"她说。

那抽空的感觉又突然明显起来，有些什么在空虚地霍霍跳动。这是我不愿意听到的话，"不，"我说，"这不是真的！你说什么？"

我望着她，等她说清楚。

"不，"她望着我，不知是安慰我还是说真话，"我只是说她不在医院里了。她没有事，你不必惊慌。她回去休息。她只是受了惊。明天早上，当她醒过来，你又会看见她了。她会没事的。"她拍拍我的手说："你去看看她。替我们好好地看看她。"

我再看黄一眼，他还未醒来。他躺在那里，闭上眼睛。

闭上的眼睛张开，乔醒过来。她睁开眼，看见我，然后就笑了，好像从一场噩梦里醒过来。刚才佣人开门让我进来，看见四周一片白色，窗旁桌子上放着一盆水和几只杯子，我对着窗子，喃喃自语，仿佛在叫唤失去了的归来。我高兴见到她平安无事，这样舒伸自己，袖口扯高，好像在迎接什么。她揉揉眼睛，坐起来。她伸手到枕头下摸索，她递给我，那个黄色纸袋，好像过去，她递给我一个又一个信封，那些辗转传达的讯息。这次我没有接过来。"这是他写给你的信，你留着吧。"我说。"我看过了，我不是这样的。"她断然说。我突然感到很大的失望，那么黄竟是失败了？那么多沟通的努力到底还是徒然？她握着那个纸袋，看看它，过一会，她说："我是说，我不完全是这样的。"她反过手，纸袋钻回枕头的底层，回到她秘密的机关里。她从背后摸出一个半球形的圆镜，细细端详自己的脸孔。她没听见我的疑问，回答我只有镜中自照的眼睛。她翻出两颗药丸，放入一杯水中，那粉红的颜色，缓缓渗入水中，消失了，那杯水还是那样子，然后，过一会，缓缓的，又可以见到那粉红色再显现出来。乔把它放回几头。乔还是乔，照样老姿势地垂下头。她双手环抱花被盖着的双腿，头伏在膝盖上，露出颈背。我听见她好像说："我本来打算回信给他。"我不知道这是不是真的。她抬起头："也许我应该这样做。"我应该相信她吗？她向后拨一下头发："也许我会再看一遍。"她说的会不会是真话？不过她突然换过一副声调说："我没有其他方法帮助你们了。"我愕然不知她是什么意思。然后她沉默下来了。过了一会，她看着我，柔声问："你要喝点什么吗？"我摇摇头。我问："你呢？"她也摇摇头。她看着四边的墙壁，她轻轻吻着

也斯作品

铺在膝盖上的一条淡棕色的围巾。她伸手到案头摸索，那儿看来什么也没有，但转眼间，她手上又多了一支铅笔和白纸。她抬起头看我一眼，然后低下头去不知写一点什么。她说："我有一件事告诉你。"她把头凑过来，顽皮地说："那是一个秘密。"哦，秘密：那是枕头的夹层，几头一个看不见的抽屉、深夜对着广大的窗外的喃喃自语。而当我们倾听秘密，我们开始参与其中，负上责任。她又坐回去，继续在那里自顾书写。她没有说下去。等了一会，我问："那是什么呢？"她放下笔，看一眼四周的墙壁，然后，认真地问："如果鸟儿都没有了，你还会来看我吗？"我看着她，说："我会来看你的。"她好像没听我说什么，又快乐地坐回去，哼着歌谣，继续在纸上写东西。她抬起头的时候我问："那是什么呢？"我伸过头去，她连忙翻过纸，用手掩住，笑着说："不，不，还不能看。再等一会。"仿佛那又再是一个秘密似的。我想说乔你真是不可捉摸的，我想说乔这真是荒谬你在干什么呢，我想说乔你听我说不是还有许多问题我们应该谈清楚吗？可是乔，以她自己做事的方法，什么也没说，把手上的白纸递给我，脸上带着那种逞强的、恶作剧的、仿佛在等待人称赞的孩子气的笑容。我接过来。那是一张素描？那是一封信？噢，并不是，那只是满纸碎散的抽象符号，与外界实物没有任何关联。她笑着伸出手来一把把它收回去。她翻过身，脸搁在那半球形圆镜上，仿佛多了一张倾斜的脸孔。她正在看着自己。白色床单越发衬出了病容。乔，你笑什么呢？这又是一个恶作剧？看你笑成那个样子，好像一个天真的孩子，完全不知发生了什么事。看你，笑得呛咳起来了。你是不是累了，要睡了？我又看见你翻过来瘫痪地躺在那里。乔，慢慢好起来吧。

也斯作品

十
二

早晨的电车叮叮地在我们身旁驶过。我和华一道走向你家。市场附近已开始热闹起来,一摊摊青菜,一片鲜绿,带着点点鲜黄的小花。还有紫色的茄子和红色的番茄,浅棕色的姜,淡绿色的瓜。另一旁的破瓮里有深棕色的炸菜,晒干的鱿鱼,还有封着嘴的咸鱼。我们在潮湿热闹的人群中缓缓前行。一个妇人举起秤,念出斤两,另一个妇人在跟她讨价还价。剖开了鱼腹露出鲜红的血色,死白的眼睛呆呆瞪着人。新鲜的鱼儿在水里游来游去,有人伸手进水里抓它们的时候,还会挣扎窜逃,用尾巴泼水,水花四溅。坐在矮凳上的胖妇人,随手抹抹溅到脸上的水,又继续跟前面的主妇谈话。我们走过人丛,在挤迫的地方,华给阻在一群人后面,我便停下来,等他走上来。路旁商店里的收音机正在唱:"泉台未启思亲路,罚我人间再飘蓬⋯⋯"我们走前去,再走入人丛中,与这个俗世人间有相逢。

我想到很多事情。我仿佛看见你,还是坐在那

剪纸

儿，拿一叠报纸，用锣刀把它们锣成无数固定呆板的人形，我又仿佛看见你，把锣裂的画册书本猛烈地掷向空中，但我还是宁愿看见你专心剪纸画画，做出美丽有生命的图画来。

是我自己决定打电话给华的。我叫他来看看你。其实我也晓得这可能根本没用。你的病未必与他有关，就算有关，难道他来了你就痊愈了吗？我更害怕他索性一口回绝，不知我在说什么。幸而他很爽快，我说看你，他就答应了，也没问什么，我也没说什么，我拨电话，说你不大舒服，"我们去看看她吧"。到了这时候，我也明白，即使他来也不会立即就解决问题，他也不是医生，只是一个束手无策的平凡人，一个关心的朋友罢了。但既然他有心愿意来，我也很高兴了。

我们走向你家。我走慢一点，陪同他的步伐。我不知你有什么反应。也许你会很高兴，也许你会很暴烈（不，你不会的，你本质上不是一个暴烈的人），也许你会很失望，也许你根本什么反应也没有，对他视而不见，好像完全没有见过他一样。

也许你的问题根本与他无关，他根本对你没有帮助，这纯粹是我个人敏感的幻想。但既然我感觉如此，我也只能依照感觉，尽力去做。尽管到头来你或许会拾起报纸和锣刀，一股脑儿扔向我们，说："你们在搞什么鬼！"但如果只是坐在那里，什么也不做，我到头来又不会原谅自己的。

也斯作品

所以我们缓缓前行，我心中忐忑不安。我不晓得事情落得怎样的收场，我只好看清楚道路，一步一步前行。你住的这一区，好几幢旧楼已经拆掉了，碎石和废木，在早晨的太阳下闪闪发光，旁边一个建筑地盘，又开始打桩，街上买菜的主妇，穿白衣的学生，卖油条和煎饼的小贩，开始这新的一天。路旁卖羽毛帚子的摊子里，有些浓浓的鲜红色漂亮羽毛，也有破旧而脱毛的旧帚，放在一起。那些彩色羽毛，在早晨的微风中晃动，好像是幻象，也是街头现实的一部分，丰富了棕灰的点点颜色。我们走进一道窄巷，经过封着店铺尚未拆开的排着数目的木板，后面挂起一串鸟笼，鸟儿吱吱鸣叫。在旁边的空架上，站着一只白色鹦鹉，有个中年人正俯身跟它说话。在它背后，是鸟儿的海报，彩色的假鸟用眼睛瞪着路过的人，也不说话，微风吹过卷起一角海报。路的中央有一道水沟，污水凝定不再流动。

这小巷转出去一个较大的路口。有人在公厕旁边补鞋，市场的横门内，停着数不清的自行车。不知哪里传来一阵"咚达咚达咚达……"的声音，好像有人在擂响木头，又像是敲响了鼓，是某种古老仪式的节奏。但你看不见声音的来源，只有当你看见你才能清楚。

我们避过迎面驶来的自行车，继续前行，"咚达，咚达，咚达……"然后是自行车的铃声，远处汽车喇叭的声音，叫卖声，上空偶然传来的鸟声。店铺里的收音机里，一个女子刚烈的唱下去："……骂句狂夫，匹夫，共你恩销，义老，我自刺肉眼模糊。"喧闹的锣鼓声音。我记得这出剧，只是我比较没有那么喜欢这一段，从长平公主误会世显开始，一大段的悲愤冷笑，捧心微抖，反目唾面，到未弄清楚真相就举簪刺目，其中有一种莫名的自怜的暴烈，一种看到自己德性但看不到别人德性的偏执。这刚烈的歌声，衬在眼前这种复杂诡变的现实中，就显得单调无力了。外面大街那儿，一辆手推木头车上的旧报纸散了一地，灰衣服的老人蹲下身收拾，阻住另一边驶来的跑车。我们从它们中间走过。不远的地方，一列旧楼围上竹席，准备拆卸。那些中药铺和海味铺，那些阴暗神秘的、出售灵符和年画的纸扎铺，已经不在了。那爿门前挂起大剪刀的杂货铺兼药行，里面已拆空，仿佛黑洞洞的蛀牙，外面仍空挂着大剪，已经陈旧不堪，像是生满白锈无法转动。许多店子搬空，许多人改变了职业和生活，许多事物消失了。墙柱上贴着一张香烟广告，华衣美服的派对中袅袅喷出白烟，是西式生活的幻梦。但这海报已经撕破，露出底下的黄墙。这幢楼眼看快要拆卸了。在旁边，建筑工人赤着肩膀抬着粗重的铁枝走进地盘，有人在运泥车车尾"各，各，各"地敲着，它退后时扬起一阵尘土，路旁一丛弱草，在这纷变中微微颤栗。这个到处都是残破的世界，叫人认不出来，一下子又迷路了。

"咚达咚达咚达……"声音渐渐隐去，那古老仪式的节奏落在背后，过一会，它又混入前面新的声音中，成为混杂丰饶的新歌。走过古老的铺子，可以嗅到咖喱和椰子的香味，再过另一间，是檀香的芬芳，很强烈又很浮泛的，甜甜的香味，像虚无缥缈的一缕烟，飘过你鼻孔，像偶然瞥见一张古老美丽的陌生的画，转眼失去踪迹。但其实你也带着它前行，当你继续走前去，你会发觉它混入现实粗糙平淡的气味中，一爿家具店的木香，一爿修理零件的铺子喷油的香味，一爿小饭店叉烧的香味。人声热闹，又开始一天的生活了。一爿旧书铺，墙上的书架和当中的长台上都堆满书，残破的旧书，有些书脊上贴上胶纸，撕破的书页又再补起来，它们历经流散灾劫，暂时在这里栖身。仍有人在那里找书看书。

我们继续前行，缓步走向你家。华抽着烟，没有说话。他的样子看来有点褴褛，而当我走前去，碰到他的手肘，我可以感到他是真实的活生生的一个人。他有点担忧，有些事情不大清楚；头是低垂的，也许正在思想。我也在想，我想念你，我希望我们终于可以真正交谈，我想着走进你家的时候，你会是怎样一个笑容，转向我们。

一九七七年四五月初稿，一九八一年七八月重修

附录：初版后记

× ×

　　寄上《剪纸》的校稿，看你有没有什么提议，可以在出版前再修改一下。校稿用挂号寄，因为恐怕寄失，这几年寄信回香港，常常有寄失的，也不知为什么。我离开香港差不多四年，一直功课忙碌，没时间创作；但信，尤其开始两年半，倒是写了不少。这些信，其中有许多，都好像寄失了。我一直以为，想法写下来，就表达清楚了，没想到，即使写出来，也不是这么容易就传达到另一个人那里。比如有一次，我给一位朋友写了封长信，解释诗形式的问题，写了厚厚的一大叠，结果却寄失了，想来真是可惜，现在叫我再写也写不出来了。又有一次友人见到一位前辈诗人，说"觉得有点失望"，我听了很奇怪，又写了一封长信去忖测种种误解的可能，对方结果也是什么都没有收到。我的长信总是跟朋友抬杠，为这件或那件事情分辩，而这些信，结果呢，都因为这样或那样的原因，寄失了。我逐

剪纸

渐不那么急于去分辩，终于也不大写信了。

　　写小说比写信较好的地方是你总有一份副本在手头，可以慢慢修改。即时冲动的辩论不必立即寄出，可以放在身边，放久了不想就不寄出了；若果需要，也可以加入新的想法，好像一封越写越长，不必限时付邮的信。《剪纸》也是这样，这故事本来早就有了，到一九七七年四月在《快报》写一个连载小说，便把它的初稿写出来，写完以后，一直想把结尾再写好一点。去年素叶的一位友人提到出版，我便把它增删修改，并且以来美后养成的写长信的坏习惯，在去年暑假给小说后半部重新添写。小说从初稿到修订完毕，经过了四年多时间。现在又一年过去了，我一面校对排出来的字稿（多谢替我校对的朋友！），一面又忍不住修改一两处地方。现在跟最初的许多想法，已经不尽相同了。《剪纸》原来是想写七十年代中叶香港生活的种种幻象，但这稿子也跟我一起遭遇了种种事情，自然也不免与我一同看到一些过去还没看到的问题，与我一同忧虑，一同生长，不再是原来的样子。不过我不是一个走到一步就轻易回头说断绝过去的自己那样的人，现在的我是由过去的我发展而成的，小说自然也是一样。

　　不过要详细解释就难了，一写下去，这封信也不免变成长信，恐怕也难逃寄失的命运，永远无法到达你。我现在自然不会这样做。再说，一个故事自有它的发展，故事里某个人在某种情况下做什么，有它复杂牵连的理由，我一时也说不清。现在故事已说完了，我也在故事的外面，要我解说，未必就可以比另一个人说得好。一种偷懒地谈创作的方法，是把文艺简单地二分：分成内容与形式、正面与负面、自然与刻意，内在精神与表面刻画、伟大题材与生活琐事等对立的两面。有时也见人真是这样谈文学，二分了之后，就把自己的作品归于前者，把自己不喜欢的作品归于后者，一下子了断得干净利落。我想天下间再也没有比这更容易的事了。可是我对干净利落的划分，一向心存怀疑；简单的二分，在现实生活中是不存在的，在文学作品里也不存在；不了解矛盾和对立同时存在，就不能了解事情的曲折。若果一个写作的人尽说堂皇的话，那对于自己要反省求进步、对于别人要来认真了解，又有什么好处呢？我想我们一定要学习，超过堂皇的文字、豪言壮语的激情，好好地看看每一个人、每一件事。

《剪纸》不过是一个爱情故事罢了，说到对事情的看法云云，是不是离题太远了？也许是吧。所以会说得这么远，是因为我以为，一个人对爱情的态度也好，对艺术的态度也好，都跟他的人生观有关，是自然发展成的。所以故事里某个人看得到或看不到某件事，用这种或那种文字符号表达自己，自然跟他们各自是怎样的人有关。

说到文字，我想到格拉斯（Güntes Grass）来港时，座谈会上，大家说到这里的粤语方言和英语教育，恐怕会影响香港作者的中文表达能力；我自己是接受香港教育长大的，对此自然引为警惕，但我当时亦提出另一点看法，即认为要写现在的香港，仅是用过去的课本上的文字还不足够，也需要发展锻炼目前这种混杂的语文。我心目中的文字，不是只讲文法的规则的文字，也不是点缀着美丽辞藻的装饰性的文字。我们使用文字，并不是为了把话说得更漂亮更文雅，文字比这还重要得多，因为我们往往是通过文字去了解这个世界，又通过文字来创造自己的。复杂的文字，回应上面说的对事的看法，就不是片面的，而是复杂的看法。

同时经过一件事的两个人还是会有不同的看法，为什么某人遇事竟会有那样的反应呢？为什么一个社会里许多人会习惯地接受了某些看法呢？这类问题往往使我一下子回答不上来，使我开始去想。我们花许多时间，想去看清楚一个人，但暂时的结论，又会被随即发生的事推翻了。要了解人不是那么容易的。但我们的社会，却一直在鼓励一种武断和片面的看法。这种看法好像愈来愈通行了，它有时是一种鲁莽地对他人的否定，有时是一种尖酸的恶贬，有时则是对世界事物加以一种猥琐的

也斯作品

猜测。我生活在香港社会之内，又离开了一点，隔了一段距离来看，通过谈话和阅读，我最感到担心的是：这社会里充满了种种欺妄的意见、僵固的文字，一个人很容易就不自觉地被它们束缠得透不过气来。不管是对社会的看法，对男女的看法，对艺术的看法，对文字的看法，许多习惯接受了的观念有种种不妥当的地方，叫人愈看愈吃惊。我们怎样才可以拨开种种虚妄的成规、自欺的观念，实实在在地生活呢？

　　或者正是觉得许多看法跟别人很不同，又不知有没有看错的这种想法，使人想去写东西的。就像写信，你整理出自己的看法，也希望得到别人的回答，只有不同的意见可以正反讨论，才可以引出较全面的看法。我们使用文字，是因为我们想改变事物。学写小说，是因为对人的生活感兴趣，想了解人们怎样生活，怎样看自己和世界，怎样在与别人的交接中创造自己，以及为什么会那样做。人们生活、恋爱、创造和破坏，变得更好或更坏。每个人不一定写小说，但每个人写信、谈话。人往往在对他人的爱中找到希望的形状，而从欲望和对象的距离间，就产生了文字，那让人发挥人性的基础。

　　小说都是虚构的。当我们从文字寻找意义，很容易又会发觉它游离不定了。我可以很肯定地相信一些事，但我同时亦会怀疑地自问：符号难道就等于现实？我看到的难道就可以完全表达得出来？表达了难道就可以立即传达给另一个人？这些都不见得。小说比写信好，是它可以从具体的人物和事件来想。我们把虚构的人物放入虚构的处境中看他们，也让他们看对方，发展出他们的故事。

小说里一个人物是作画的。画画本也是一种观看的艺术，但观看也是一种不容易的艺术。我们看见什么呢？我们为什么会看见什么呢？距今数百年前，也是在一个新旧交替的时代，文艺复兴的阿尔伯蒂撰写的画论中，就已经开始对观看的问题诸多思索了。他写道："所以，我跟朋友们说，若照诗人的说法，那喀索斯（Narcissus）之转变成花，是第一个绘画的发明者；因为绘画是所有艺术的花朵，整个那喀索斯的故事是恰当不过的了。你说绘画是什么呢，若不是用艺术来拥抱清池的表面？"阿尔伯蒂用那喀索斯的故事，大概因为那喀索斯是第一个把两度空间的平面，看作是有深度的客观现实的人吧。那喀索斯的迷恋悲剧是他误读池水的符号。阿尔伯蒂借用这故事来解释他的透视理论，正如后来的弗洛伊德和拉康，自觉或不自觉地误读这故事来阐释他们的心理学理论，瓦雷里、纪德和卢梭改写这故事来表达他们对人生的观照。每个人照进这故事的镜子看见不同的东西。这一切仿如一道长廊里，充满了正正反反颠倒破碎的镜子，来复反照变形，好像徒劳又未尝没有意义，

也斯作品

而在开头处是那喀索斯临池自照的故事，这故事总使我想了又想，不仅因为它是一个迷恋的故事，也因为它是一个关于观看的故事。也许因为我在想这问题，所以也把这看成一个观看的故事吧。我们在学习看自己，又学习去看别人，而这又是互相牵连的。说了许多离题的话，因为反正已在故事的外面，隔了一年多，正好可以不拘限于这故事说一些想到的话。本来说不要写得太长，结果又写长了。会寄失吗？希望读到你的回音。

也　斯

一九八二年六月底

图书在版编目（CIP）数据

剪纸/也斯著. —杭州：浙江大学出版社，
2014.8
ISBN 978-7-308-13008-0

Ⅰ.①剪… Ⅱ.①也… Ⅲ.①长篇小说－中国－当代
Ⅳ.①I247.5

中国版本图书馆CIP数据核字（2014）第046860号

浙江省版权局著作权合同登记图字：11-2014-185号
本书中文简体版由作者家属授权出版

剪纸

也斯 著

策　　划	王　雪	
责任编辑	王志毅	
营销编辑	李嘉慧	
装帧设计	骆　兰	
出版发行	浙江大学出版社	
	（杭州天目山路148号　邮政编码310007）	
	（网址：http://www.zjupress.com）	
制　　作	北京百川东汇文化传播有限公司	
印　　刷	北京中科印刷有限公司	
开　　本	880mm×1230mm　1/32	
印　　张	5.625	
字　　数	97千	
版印次	2014年8月第1版　2014年8月第1次印刷	
书　　号	ISBN 978-7-308-13008-0	
定　　价	29.00元	

浙江大学出版社发行部联系方式：（0571）88925591；http://zjdxcbs.tmall.com